KB025240

혼자 살기 시작했습니다

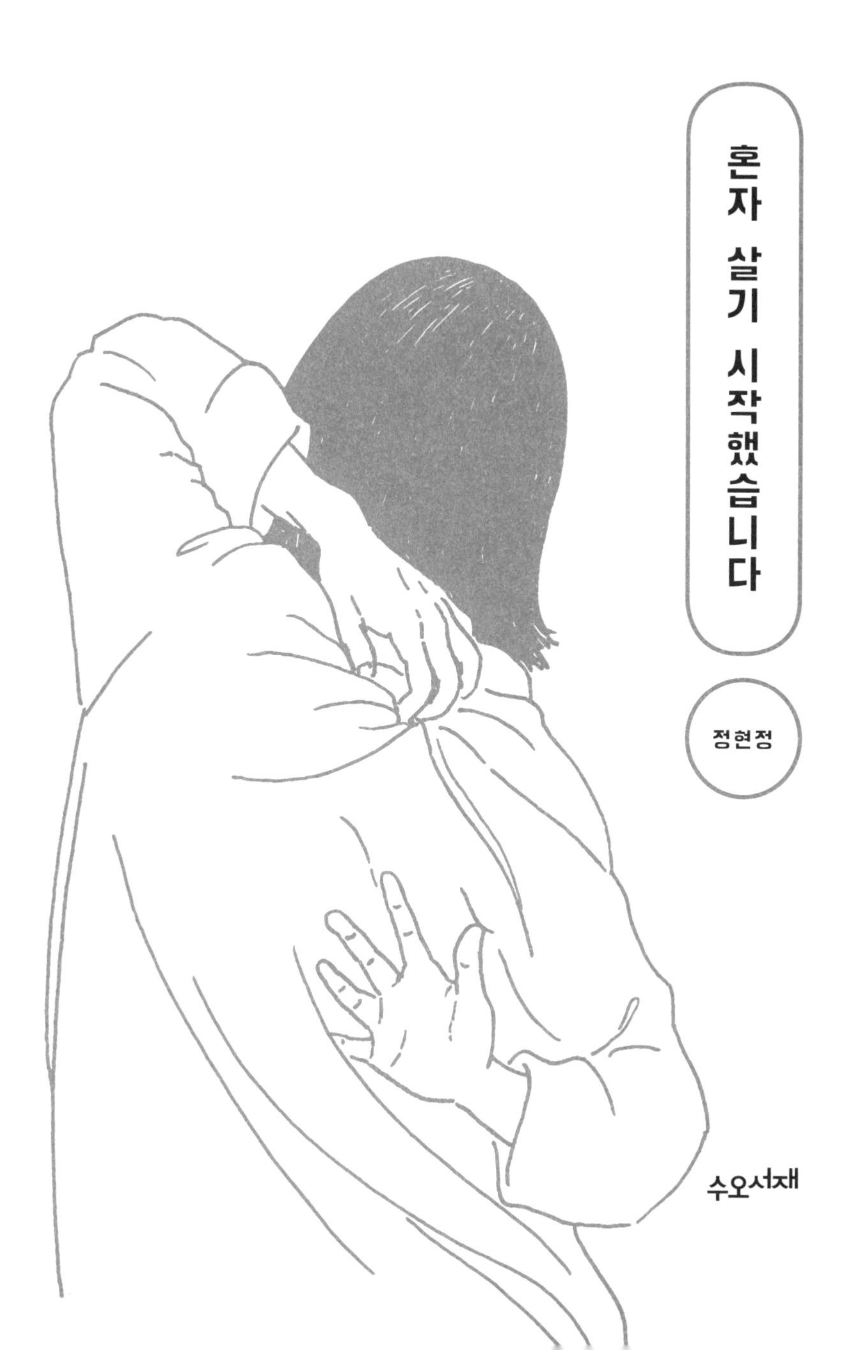

혼자 살기 시작했습니다

정현정

수오서재

오늘도 혼자 사는 법을 배우고 있습니다

올해로 혼자 살기 5년 차가 되었다. 직장생활은 1년 차, 3년 차, 5년 차에 고비가 온다고 하는데, 독립생활도 비슷한 주기로 고비가 찾아온다. 남의집살이는 고달프고, 전세 기간은 2년마다 끝나기 때문이다. 이 책은 1년 차의 울분을 잊지 않은 3년 차에 쓰기 시작해, 5년 차에 끝을 맺었다.

서울을 사랑한다. 떠나고 싶을 때가 수도 없이 많지만, 지하철 안에서 한강을 지날 때 사람들이 휴대폰에 묻었던 고개를 일제히 들고 물결에 부딪혀 반짝이는 햇빛 같은 것을 바라보면 내가 이 크고 복잡한 도시를 얼마나 사랑하는지 깨닫는다. 게다가 서울은 지구상에서 내가 가장 잘 아는 도시다. 그런데 내가 혼자 사는 여자가 되자 사랑하는 서울이 낯선 얼굴을 드러냈다. 세대주로서 혼자 사는 삶이 그렇게나 많은 상식과 명문화되지 않은 요령을 요구하는 줄 뒤늦게 알았다. 집이나 학교, 직장, 혼자 산 지 10년도 훌쩍 넘은 친구들에게서도 배우지 못했던 새로운 경험들에 나는 처음 보는 도시에 불시착한 이방인이 된 것 같았다. 수없이 많은 사람들이 겪었을 일도 내게는 처음 있는 일이라 허둥댔다. 이방인이 된 기분이 들 때마다 한 줄 한 줄 적어 내려갔다. 그러니까 열 받을 때마다 글을 쓰기 시작했다는 소리다.

부동산을 헤매며 집을 구할 때, 집주인이 골동품 같은 에어컨을 팔고 모르는 척할 때, 혼자 사는 여자를 남자들이 얼마나 좋아하는 줄 아냐는 말을 열 번째쯤 들었을 때, 남들 앞에서는 말 한마디 못하고 애매하게 웃다 와서는 침대에 쓰러져서 '이 말을 했어야 했는데…' 속으로만 말하며, 하루를 복기하던 일들을 하나씩 쓰기 시작했다. 비록 시작은 그러했지만 분노의 기록만 담은 것은 아니다. 이 커다란 도시에 나 혼자 오롯이 있을 수 있는 공간이 있어 많은 순간 위안이 되었고, 대체로 행복했다. 혼자 맞는 여유로운 아침, 침대까지 들어오는 햇살, 집을 돌보며 마음도 정돈하던 시간, 친구들을 초대해 웃고 떠들었던 저녁. 그 순간들 덕분에 나는 지치지 않고 다음 집을 찾아 나설 수 있었다.

많은 사람이 서울에서 혼자 사는 법을 익히듯이 나도 서른을 갓 넘겼을 무렵부터 이 익숙한 도시에서 혼자 사는 법을 배우기 시작했다. 그 배움의 과정을 글 쓰는 사이트 브런치에 하나씩 올리기 시작했다. 처음에는 친구들에게 "나 글 올렸어. 읽어줘" 하며 알렸던 글이 나중에는 전혀 모르는 사람들도 찾아와 즐겁게 읽어주었다. 나의 부족한 글을 공감하며 읽어준 사람들이 있었기에 내 글이 책으로 엮이게 되었다. 책이 나오기까지 마음을 써주신 수오서재와 최민화 편집자님, 북디자이너님과 일러스트를 그려주신 황미옥 작가님께 감사드린다. 외로움이나 두려움보다는 기대를 안고 혼자 살기를 시작할 수 있었던 건 언제나 사랑으로 지켜봐주는 가족들이 있었기 때문이다. 사랑하는 부모님, 나의 동생들 윤정, 창규에게도 감사의 마음을 전한다.

정현정

차 례

혼자서도 괜찮습니다만

혼자서도 잘해요

그래서, 잘 살고 있습니다

10ℓ
계약서

그럼, 혼자 살아보겠습니다

왜, 혼자, 살아요?

왜 혼자 사냐는 질문을 얼마나 많이 받는지 이야기하면 결혼을 했거나, 가족과 함께 사는 친구들은 놀란다. '정말? 사람들이 그걸 궁금해해?' 생각보다 많은 사람이 왜 혼자 사는지 묻고, 혼자 살지 않고 가족과 함께 살 때의 장점을 굳이 설명해준다. 그들의 이야기를 요약하자면 가족과 함께 살 때의 장점은 다음 세 가지다.

1. 돈을 아낄 수 있다.
2. 가사 노동을 안 해도 된다.
3. 밤에 안 무섭다.

이미 30년 동안 가족과 함께 살아본 나에게 다들 진지하게 이런 이야기를 해주는데, 고개를 끄덕거리며 듣노라면… 말을 줄이겠다.

혼자 산 지 2년이 되었다. 즉 전세 기간이 끝났다는 뜻이다. 왜 혼자 사냐는 질문으로 받는 스트레스 같은 건 전셋집 구하기에 비하면 아무것도 아니다. 그런 질문을 하루에 열 개 정도 한 달을 받아야 전셋집 구하기 스트레스와 비슷해지려나. 계약이 끝나기 몇 달 전부터 시작도 하지 않은 전셋집 구하기 스트레스에 시달리다가 지금 살고 있는 이태원 집을 구해준 부동산 사장님을 길에서 만났다. 사장님을 만나자마자, 전셋집 이야기를 꺼냈다.

"저, 사장님! 저 전세 계약이 끝나서요. 집주인이 연장을 안 해준다고 하고…. 좋은 집 있으면 연락주세요."

자, 이 상황에서 부동산 사장님이 나에게 한 말은 놀랍게도, "집을 또 구해? 왜 시집을 안 갔어? 2년이나 있었잖아."

2년 전, 몇십만 원의 중개 수수료를 내고 전셋집을 구했는데, 나는 그게 전세 계약인 줄 알았지, 결혼 유예 연장 계약인 줄은 몰랐다. 부동산 사장님이 2년이나 결혼할 수 있는 기한을 줬는데, 내가 계약 내용을 오해했었나? 말문이 막힌 나는 대강 인사를 하고 헤어지면서 다신 저 부동산에 가지 않으리라 결심했다. '부동산 사장님을 2년 동안 얼마나 믿고 좋아했는데….' 혼자 배신감에 휩싸여 유부녀 친구 C에게 울분을 토했다. C는 자기 동네로 이사를 오라며, 정말 믿고 맡길 수 있는 좋은 부동산을 소개해준다고 했다. 자기 동네 부동산 사장님은 그런 말을 할 분이 아니라며 안심하라는 말을 덧붙였다. 온갖 '○방' 사이트를 돌아다니면서 내가 가진 돈으로는 이태원에서 전셋집을 구하지 못하리라는 확신이 들 때쯤, 친구 동네 성수동에 가보기로 했다.

과연, 부자 동네의 좋은 부동산은 간판부터 달랐다. 지하철역 바로 앞에 위치해 있었고, 들어가자마자 부동산 사장님이 교양 있는 말투로 나를 환영했다. 그러고는 물었다.

"왜 혼자 구해요? 친구는 결혼했던데."

순간 웃음이 터져 나올 뻔했다. 'C에게 충격을 안겨줄 수 있겠군. 너희 동네 부동산도 별 수 없다고! 친구가 결혼할 때 1+1으로 결혼해야 한다고 생각하는 사람이라고!' 곧 부동산에 도착한 친구는 집을 보러 이동하며 물었다.

"어때? 사장님 너무 좋으시지? 그런 질문도 안 하시고."

"푸하하하하! 이미 했지롱! 네가 오기 전에!"

친구 동네의 부동산 사장님을 만난 첫날은 친구의 기대를 배반하는 재미라도 있었다. 둘째 날, 첫날 본 집을 계약하겠다고 말하자마자 사장님은 전세금을 올려달라고 했다. 부동산을 더 돌아다녀야 하는 귀찮음과 대출 가능한 돈을 저울질하다가 '알겠다'고 했다. 선계약금을 입금하겠다고 하자, 다시 연락이 왔다. 전세금을 또 올려달라는 말이었다. 마음에 드는 전셋집을 또 구할 수 있는 가능성에 비하면 그럴듯한 제안으로 들렸다. 다시 '알겠다'고 했다. 두 번째 전화에도 알겠다고 한 나의 담대함을 높이 샀는지, 세 번째 전화가 걸려왔다. 집주인이 중국 출장을 가서 계좌번호를 모르니 계약금을 집주인 아내 통장으로 입금하라는 것. 이대로라면 네 번째 전화로는 그냥 지금 돈이 필요하니 몇천만 원만 부치라고 할 사람들이었다. 이후로 열 통이 넘는 전화. '부동산 믿고 입금하면 된다', '우리도 보험이 있다', '좋은 사람들이다', '몇십 년간 이 동네만 산 사람이다'라는 연락을 받고, "제발 다시 연락하지 마세요"라는 말을 마지막으로 연락을 끊었다. 전화를 끊자마자 카톡으로 중국 출장 중이라 못 준다던 집주인의 통장 사본이 도착했다.

자, 다음 동네로 떠나볼까.

세 번째로 탐방한 동네는 바로, 회사 근처였다. 처음에는 예산 초과가 예상되어 엄두도 내지 않았는데, 이왕 이렇게 된 거 한번 보기나 하자는 마음으로 몇몇 부동산을 돌아다녔다. 가격이 맞는 곳은 도저히 혼자 살 용기가 나지 않는 곳이었고, 살고 싶은 곳은 가격이 안 맞았다. 그러다가 기적적으로 가격도 맞고 내 마음에도 맞는 집을 찾았다. 두 눈으로 보고도 믿을 수 없었다. 이런 집을 가까이에 두고 그동안 괜한 동네를 떠돌았다니. 헛것을 보는 게 아닌지 걱정되어 엄마에게 전화를 걸었다. 엄마도 보고 괜찮다고 하면 바로 계약을 하고 싶었다. 부동산에 엄마와 함께 보고 계약하겠다고 하니, 흔쾌히 그러라고 했다. 엄마가 도착하여 집을 둘러보고, 계약을 하려고 부동산에 앉으니 그제야 부동산 사장님이 말을 꺼내기 시작했다.

"작은 문제가 있긴 한데, 말씀드려야 할 것 같아서…. 사실 이 빌라가 미등록 건물입니다."

돈을 내는 것도 나고, 집에 사는 것도 난데 하루 종일 아무 말이 없다가 엄마가 오자마자 미등록 무허가 건물임을 알려주다니. 나는 더 이상 무슨 말을 해야 할지 몰랐다. 부동산 사장님은 이게 얼마나 작고 사소한 문제인지를 설명했다. 집주인이 법 없이도 살 사람이기 때문에 믿어도 된다는 말이었는데 법치국가에서 왜 혼자 법 없이 사는가. 나는 법대로 사는 사람을 좋아한다. 점점 설명이 길어지는 사장님을 보면서 그제야 왜 이 집이 나의 예산 범위에 들어올 수 있었는지 깨달았다.

이런 우여곡절을 겪으며, 결국 이태원도, 친구 동네도, 회사 근처도 아닌 곳에 집을 구했다. ○방 사이트에서 본 곳으로, 사진대로라면 매우 좋은 집이었는데, 중개 사이트에 있는 게 찜찜했다. 몇 달간 부동산을 순례하며 알게 된 진실은 ○방에 올라온 집이라면 '갈 데까지 간 집'이라는 점이었다. 굳이 거기까지 가서 뻔한 사실을 확인해야 할까. 하지만 전셋집이 나에게 올 순 없으니 내가 가야지. 퇴근 후 피곤한 몸을 이끌고 부동산을 찾았다.

부동산 실장님은 집을 둘러보는 동안 나에게 그 어떤 질문도 하지 않았다. 집은 놀랍게도 사이트에 올라온 사진 그대로였다. 하지만 방심할 순 없었다. 부동산은 가장 중요한 진실을 끝까지 숨기는 곳이다. 실장님께 피곤한 얼굴로 말했다.

"제발, 하자가 있으면 지금 말씀해주세요. 나중에 말씀하시지 마시고요. 지금 생각해보게요."

실장님은 정말 아무 문제 없는 집이라고 했고, 그건 과연 사실이었다. 지금까지 살아본 바로는 말이다.

이사 수난기

전셋집 구하기는 어렵다. 더군다나 마음에 쏙 드는 전셋집을 구하기란 정말 어렵다. 하지만 그 일을 완수한다고 해도, 또 하나의 넘어야 할 산이 있다. 바로 '이사'다. 이사는 생각하기만 해도 긴장되는 단어다. 2년에 한 번 꼴로 해야 하는 이사를 생각하면 이게 다 내 집이 없어서 겪는 일이라는 비통함까지 밀려온다. 그래도 어쩌겠는가. 믿기지 않지만, 나는 이제 혼자 사는 30대 어른이고, 하루 놀다 들어오면 엄마 아빠가 이사를 마쳐놓는 그런 나이가 지났다.

자, 이사 전에 해야 할 일을 하나하나 생각해보자. 우선, 이사 업체를 정해야 한다. 이삿짐센터는 포털 사이트에 치기만 하면 수백수천 개의 업체가 검색되는데, 도대체 어디와 거사를 함께 해야 할지 감이 안 온다. 일단 이삿짐을 내가 쌀 건지, 아니면 포장 이사를 할 건지부터 정해야 한다. 침대에 누워 가만히 생각해 보면 짐도 많지 않으니 혼자 다 쌀 수 있을 것 같다가도 정작 짐을 싸려고 부엌 찬장을 열어보고, 옷방을 들여다보니 한숨부터 나왔다. 빈 박스를 구해다가 짐을 싸는 시뮬레이션을 매일 돌리며 스트레스를 받다가, 견적을 내보고 큰 차이가 없으면 포장 이사를 하기로 마음먹었다.

업체 세 군데에서 견적을 받았다. 첫 번째는 원룸 이사 전문 스타트업 업체. 스마트한 원룸 이사를 모토로 하는 곳으로, 귀여운 이삿짐 차가 오는 것과 깔끔한 시스템이 마음에 들었다. 이곳은 내가 가지고 있는 짐을 앱에 상세하게 입력하면 견적을 내준다. 견적을 내기 위해서 모든 짐의 사이즈를 대강이라도 입력해야 한다. 저렴하게 이사가 가능한 대신에 포장 이사는 없고, 반포장 이사만 있는 게 마음에 걸렸다.

두 번째는 친구 동생이 이용했다는 이삿짐센터를 추천받았다. 전화를 걸어 견적을 물었다.

“동네가 어디세요?”

“이태원이요.”

"아파트세요, 오피스텔이세요?"

"주택인데요."

"몇 층이세요? 엘리베이터는 있으세요?"

"(주택이니까 당연히) 엘리베이터가 없는데…."

"저희 번호 어떻게 아셨어요? 저흰 강남 오피스텔 전문인데요."

감히 강남 오피스텔에 살지도 않으면서 전화를 하다니, 머리를 조아리며 전화를 끊어야 했다. 더 이상 무슨 말을 하겠는가. 다른 옵션을 찾아야 했다.

마지막으로 페이스북 친구가 최근 이사를 했는데, 이사 업체가 괜찮았다는 말을 남겼던 게 생각나 메시지를 보냈다. 이사 업체 번호를 받아서 전화를 걸었다. 침대가 있는지, 가전제품은 뭐가 있는지, 그 외 몇 가지 사항을 묻더니 견적을 알려줬다. '이렇게 쉽게 견적을 내줘도 되나' 싶었고 스타트업 업체의 반포장 이사와 비교해 저렴했다. 이사 날짜를 말하고 구두로 계약을 해뒀다. 이때 이 마지막 업체를 예약한 것이 나의 이사에 있어 거의 유일하게 좋은 일이었다는 걸 그땐 몰랐다.

이사 전날, 업체 사장님에게 문자가 왔다. 갑자기 눈이 많이 내려서 걱정이다, 시작 시간을 12시로 미뤄도 되겠느냐는 문자였다. 눈 오는 날 이삿짐을 나르기가 얼마나 힘든지 잘 몰랐던 나는 사장님의 고충보다 이사 가는 동네에서 처리할 일이 산더미인 내 고충만 걱정됐다. '11시는 안 될까요? 눈이 많이 오면 다시 연락 주세요'라고 문자를 보내고 걱정 속에 잠들었다. 다음 날 아침, 생각보다 눈이 많이 안 와서 9시에 맞춰 오겠다는 문자를 받았다. 집 밖으로 나가보니, 눈이 많이 쌓인 건 아니었지만 온 세상이 하얀색으로 살포시 덮여 있었다. 다들 눈 오는 날 이사를 가면 잘된다는 덕담을 해줬지만, 큰 위로가 되진 않았다. 눈 오는 날 이사가 얼마나 어려우면 사람들이 그런 말을 건네기 시작했을까.

이사 업체에서는 짐을 날라주시는 남자 사장님, 그리고 짐을 싸주시는 여자 사장님, 두 분이 와주셨다. 2층 계단에 하얗게 쌓인 눈을 치우고 준비해온 연탄재를 깨서 뿌리기 시작하셨다. "이렇게 안 하면 미끄러져서 사람 다쳐요." 과연, 프로였다. 그냥 혼자 내려가기도 미끌미끌한 계단으로 침대와 책상을 나른다니, 얼마나 위험한 일인지 몸으로 와닿았다. 마음을 졸이면서 가구와 가전제품을 나르는 사장님을 보는데, 집주인 할머니, 할아버지의 큰소리가 들렸다. 지저분하게 연탄재를 계단에 깨뜨리면 어떻게 하냐는 소리였다. 업체 분들이 치우고 갈 거라고, 아니면 사람이 다친다고 아무리 설명해도 같은 소리만 반복했다. 나도 이따가 치울 테니까 걱정 마시라고 해도 잔소리를 멈추지 않았다. 나와 여자 사장님은 남자 사장님이 행여 다칠까 봐 조마조마한데, 어떻게 저런 소리를 하지? 마지막 날까지 야속했다. 그래도 여기까지는 참을 만했다. 말 그대로 마지막 날이니까.

당연하게도 마지막 날이니까 전세 보증금을 돌려받아야 했다. 이사 올 때 내가 보증금을 어떻게 냈겠는가. 몇천만 원이나 되는 큰돈을 당연히 집주인 통장으로 계좌이체했다. 그런데 본인이 오늘을 위해 틈틈이 현금으로 준비를 해두었다며, 현금을 꺼내는 게 아닌가. 얼마는 새마을금고, 얼마는 하나은행, 얼마는 무슨 은행에서 인출했다는 나에겐 전혀 필요하지 않은 정보를 제공하며, 부동산 사무실에서 돈다발을 꺼냈다. 지금 이삿짐을 나르는 걸 지켜볼 시간도 부족한데, 사무실에 앉아 몇천만 원을 세야 하는 건가. 수표, 5만 원권, 1만 원권이 뒤섞인 돈다발을 보는데 정신이 아득해졌다. '이걸 오늘 현금으로 주시면 어떡해요.' 볼멘소리도 나오지 않았다. 왜냐하면 나의 전 재산이나 다름없는 돈을 하나하나 세야 했기 때문에 그럴 정신이 없었다. 정말 이 큰돈을 타인과 현금으로 세고 있다는 게 실감이 나지 않았다. 돈을 세고 나서도 그 돈을 가방에 넣어서 들고 이동하려니 불안했다. 정말 잘 셌는지 확인도 할 겸 곧장 동네 은행에 가서 돈을 입금했다. 다행히 돈은 맞았고, 무사히 내 계좌에 들어갔다. 물론 내 정신은 빠져나갔지만.

은행에 다녀오니, 프로페셔널한 사장님들은 짐싸기를 거의 끝마친 상태였다. 이제 이 동네에서의 일이 마무리되나 싶었는데, 집주인 할머니가 나타나 2년 전 나누어 가졌던 부동산 계약서를 내놓으라고 했다. 보증금을 돌려받았다는 서명을 이미 부동산에서 해드렸는데, 아직 우리 사이에 남은 계약이 있나? 책상 서랍 어딘가에 있을 계약서는 이미 1톤 트럭 안쪽에 실렸는데…. 이미 이삿짐에 실려 있으니 알아서 없애겠다고 설득해보려고 한 나의 순진함을 비웃듯 할머니는 짐을 다시 꺼내라며 말릴 새도 없이 트럭 안으로 들어갔다. 아, 정말 울고 싶었다. 자신의 개인 정보가 들어 있으니, 그 계약서를 지금 당장 태워 없애야 한다는 주장이었는데, 그렇게 따지면 내 개인 정보도 거기 쓰여 있고, 우리는 동일한 계약서를 나누어 가졌는데 왜 나를 개인 정보를 도용할 사람이라고 생각하시는지 이해할 수 없었다. 우선 트럭에 들어간 집주인 할머니를 이사 가는 동네까지 데려갈 순 없었기 때문에, '꼭 찾아서 불태우겠다'고 몇 번이나 다짐을 준 후에야 트럭을 출발시킬 수 있었다.

자, 나는 드디어 떠나왔다. 돈을 일일이 손으로 셌지만 결국 은행에 넣었고, 이삿짐 트럭에 집주인 할머니도 싣지 않은 채 무사히 새로운 동네에 도착했다. 이사 온 집은 비어 있었기 때문에 어려울 일은 없었다. 그저 내 몸과 마음이 지쳤다는 것 이외에는 말이다. 대충 짐을 풀고 점심을 먹기로 했다. 이사 업체 사장님들께 점심값을 드리고 (통상 점심은 같이 시켜 먹거나 점심값을 드린다) 동네로 들어오는 길에 본 맥도널드로 향했다. 멍하니 앉아 햄버거를 씹고 커피를 뇌에 부으며 오후에 할 일을 생각했다. '동사무소에 가서 전입 신고를 해서 확정 일자를 받고, 잔금을 송금하고, 부동산에 가서 계약을 마무리 지어야지.' 햄버거 가게를 나와 동사무소로 향했다. 이제 서류상으로도 새로운 동네의 일원이 되었다. 마지막으로 전세 보증금 잔금을 송금하면 된다.

사장님들이 부지런히 이삿짐을 나르시는 동안 방구석에 서서 휴대폰으로 송금을 시도했다. 오로지 이삿날을 위해 1일 송금 한도를 늘려놓아서, 무리 없이 보낼 수 있을 터였다. 영하의 날씨는 패딩을 입고 서 있어도 한기가 올라왔다. 전 재산을 터치 몇 번으로 타인에게 보내는 건 영하의 날씨보다도 오싹하게 느껴졌다. 이 정도의 돈은 뭔가 더 형식을 갖춘 거래가 이루어져야 하지 않나. 원목 책상에 앉아 만년필로 사인이라도 해야 하는 그런 거래가. 이런 나의 진지한 생각을 아는지 모르는지 휴대폰의 은행 앱은 계속 송금에 실패하고 있었다. 아니, 대체 왜! 돈이 있는데 보내질 못하니! 어차피 부동산에 가야 하니 부동산 옆 은행에 가서 송금을 하고 가야겠다는 생각이 들었다. 은행은 여차하면 문을 일찍 닫는 곳이다. 서둘러 은행으로 갔다. 은행 ATM에서도 송금을 실패했다. 오늘 내가 이사하는 날인 걸 은행에서 알고 이렇게 날 애먹이는 걸까. 불안했다. 대기표를 뽑고 기다려 직원과 이야기했다.

"계좌에 돈이 있는데, 송금이 안 되어서요."

"혹시 오늘 수표로 입금하셨어요? 수표로 입금하시면 계좌에는 표시가 되는데 다음 날 찾으실 수 있으세요."

아… 손으로 세고 또 센 돈을 모두 은행에 맡겼는데 수표는 당일 출금이 안 된다는 걸 몰랐다. 이럴 줄 알았으면 수표는 그대로 가져왔을 텐데.

"그럼 어떤 방법이 있죠?"

"다음 주 월요일에 찾으실 수 있으세요."

이사한 날은 금요일. 집주인에게 '덕분에 오늘 이사는 잘 했는데, 돈은 이틀 후에 주겠다'라는 말을 할 수 있을까. 이미 자리를 잡아가고 있는 짐들과 집주인과 부동산 사장님의 얼굴이 떠오르며 머릿속이 복잡해졌다. 우선 부동산에 가서 사정을 이야기했다. '수표를 입금시키고 왔는데, 이렇게 될 줄 몰랐다. 우선 송금해드릴 수 있는 돈은 모두 송금했다. 내 통장에 이만큼 돈이 있으니 월요일에 드릴 수 있다'고 통장 잔고를 보여주며 설명했다. 부동산은 부동산대로 심각해졌고, 집주인은 부동산으로 달려왔다. 세상을 다 잃은 것 같은 내 표정을 보고 안됐다는 생각이 들었는지, 집주인은 긴 망설임 끝에 알겠다고 월요일에 입금하라는 말을 남기고 부동산을 떠났다. 미안했지만, 다른 방법이 없었다. 부동산은 중간에서 어떻게 해야 할지 곤란한 눈치였다. 침묵으로 일관하던 점잖은 부동산 사장님이 내게 물었다.

"저기… 직장은 있으신가요?"

'혹시 아니겠지만 네가 사기꾼은 아니겠지, 정말?' 확인받고 싶은 눈치였다. '직장인도 사기를 친답니다, 사장님'이라고 농담할 기운도 없었다. "네, 직장 있고요. 제가 정말 오전에 태어나서 처음으로 큰 액수의 현금이랑 수표를 받고 정신이 없어서 일어난 일인데, 정말 죄송합니다. 월요일에 잔금을 송금해드릴게요"
라고 말했다. 천만다행인 건 이사 온 집이 빈집이어서 나에게 돈
을 받고 나가야 하는 세입자가 없었다는 사실이었다. 아마 집주
인이 더 불안했겠지만 나도 주말 내내 마음이 불편할 터였다.

이 모든 일을 힘겹게 마치고 집에 돌아오니, 이번 이사에서의
유일한 구세주 이삿짐센터 사장님들이 집을 반짝반짝 정리해
놓고 계셨다. 이전의 내 집보다 더 깨끗하게 수납하고, 스팀 청
소기로 바닥 물청소까지 해주시는 꼼꼼함에 감탄했다.

"원래 제가 정리한 것보다 훨씬 좋네요."

이분들이 없었으면 정말 어쩔 뻔했을까. 진심으로 감사했다.

(이날 이후 이삿짐센터 사장님 번호를 휴대폰에 '이사의 신'
으로 저장해놓고 이사 가는 친구들마다 추천해주고 있다. 적어
도 다섯 명은 이사의 신을 만났고, 모두 감탄을 금치 못했다. 사
장님, 다음 이사도 잘 부탁드립니다.)

이제 드디어 내 집에 나 혼자 있게 되었다. 전 집주인의 돌발
행동과 기초 상식 부족으로 아직 치르지 못한 잔금이 마음 한구
석을 무겁게 했지만, 어쨌든 나는 옮겨왔다. 그 누구도 대신해주
지 않는 나만의 이사를 마쳤다. 이쯤에서 이사 온 집에서 따뜻한

코코아나 마시면서 이야기가 마무리되었으면 좋겠는데, 아직 끝이 아니었다. 보일러를 틀고 떨면서 기다려도 도무지 집이 따뜻해지지 않았다. 오랫동안 보일러를 틀어놓지 않아서일까, 계속 기다려도 바닥은 따뜻해질 기미가 보이지 않았다. 결국 사기꾼으로 의심받는 주제에 용기를 내어 부동산에 연락했다. 부동산 실장님과 집주인 아주머니가 함께 왔다. 보일러 A/S 기사에게 연락해두었다며, 오늘 밤에 불이 안 들어오면 아가씨 밤에 추워서 어떡하냐고 찜질방에라도 가야겠다며 걱정하는 집주인 아주머니의 말에 눈물이 날 것 같았다. 이사 온 첫날 찜질방에 가게 생겼는데 지금 집주인한테 따지지는 못할망정 울 땐가. 하지만 하루 종일 지친 마음은 작은 다정함에도 무너져 내렸다.

다행히 이사 첫날을 찜질방에서 보내는 정도의 나쁜 일은 일어나지 않았다. 무사히 그날 밤 보일러를 고치고, 따뜻하게 잠들면서 하루를 마쳤다. 이사가 끝난 따뜻한 집에서 코코아를 마신다니, 그날의 이사는 보드카를 병째 마시는 편이 더 어울린다. 이 일을 2년마다 해야 한다고 생각해보라. 아, 정말 눈물이 난다.

정리정돈 마스터의 가르침

깨끗한 집에서 살고 싶었다. 언제든지 누군가를 초대할 수 있는 상태의 집을 나를 위해 유지하고 싶었다. 혼란스러운 집에도 나름의 질서가 있지만, 그런 질서 말고 무인양품 쇼룸 같은 집에서 살고 싶었다. 남들은 정리정돈을 어떻게 하는 걸까? 치워도 치워도 매일 빠르게 나빠지는 집을 속수무책으로 바라봤다. 책상 위에는 옷무덤이 쌓여 노트북을 펼칠 수 없었고, 사실 애초에 노트북이 어디 있는지도 찾기 어려웠다. 이케아 안락의자는 또 어떻고. 그 위에도 또 하나의 옷무덤이 있기 때문에 앉을 수 없었다. 그렇다면 바닥은? 바닥은… 굳이 앉자면 앉을 수 있었다. 바닥에 쌓여 있는 무언가를 옆으로 밀고 앉으면 되니까.

정리정돈 마스터 K를 영입한 건 이사한 직후였다. K는 항상 어질러져 있는 나의 집을 이해하지 못했다. "A가 있을 자리가 있잖아, 그럼 A를 그 자리에 두면 돼. 그러면 집이 항상 깨끗해. 알겠지?"라는 말도 안 되는 소리를 하곤 했다. 실제로 K의 집은 모든 물건이 제자리에 있고 깨끗해서 -그 집에 가면 나만 어디 잘 수납되면 될 것 같은 분위기였기 때문에- K의 말이 진심인 건 알고 있었다. 하지만 도대체 어떻게 그게 가능하단 말인가.

이사를 하고, K의 집에 있는 것과 똑같은 옷장을 샀다. K는 우선 행거를 버리고 옷장을 사야 한다고 했다. 안에 뭐가 있는지 모를 옷장 말고, 옷들이 한눈에 보이는 행거형 옷장을 사야 한다고 추천했다. 뭘 버리라는 것보다 뭘 사라는 주문은 쉬웠다. 가난한 독립생활인의 벗, 왕자행거는 버리고 결단력 있게 옷장을 샀다. 그리고 정리정돈 마스터 K가 우리 집에 방문했다.

K는 우선 큰 쓰레기봉투를 준비해놓고 안 입는 옷을 버리라고 했다. 정말 자신 있게 말할 수 있는데, 나는 옷 욕심이 많지 않고 옷도 별로 없다.

'버릴 게 별로 없을걸.'

옷 정리를 시작했는데, 내 생각은 절반만 진실이었다. 입을 만

K's RULES
A
A
K

한 옷은 별로 없는데, 안 입는 옷은 정말 많았다. 대학생 때 유행했던 청미니스커트, 사회 초년생 때 샀던 낡은 정장 바지, 잠옷으로 입지 않을까 싶어 버리지 않았던 목이 늘어난 반팔 티셔츠. 무엇 하나 선뜻 쓰레기봉투에 넣지 못하고 있는데, K는 그럴 때마다 나를 물끄러미 바라보며 물었다.

"정말 입을 거야?"

결국 상당수의 옷이 쓰레기봉투에 담겼다. K는 어서 전부 헌 옷 수거함에 넣고 오라고 내 등을 떠밀었다. 그렇게 옷장을 정리하니, 구질구질하게 쌓여 있던 옷들이 정돈되고 있었다. 이후에도 집안의 모든 물건은 K의 심사를 거쳐 운명이 결정되었다.

"이거 1년에 몇 번이나 써?"

K의 질문을 통과할 수 있는 물건은 별로 없었다. 태국 노점상에서 예뻐서 샀는데 동전이 다섯 개도 안 들어가서 결국 안 쓰고 있는 동전 지갑, 잘 안 켜지긴 하지만 그래도 아주 아주 위급할 때 쓸 수 있을 것 같은 작은 손전등 같은 건 심판대에 설 자격도 없었다.

"한 사람이 이렇게 많은 에코백이 필요해? 이거 다 써?"

"일회용 우산이 왜 세 개나 있어? 일회용 우산은 일회용이야. 버려."

"쇼핑백을 왜 모으는 거야?"

에코백은 환경을 사랑하는 마음에서 쓰는 거니까 버리면 환경을 해치지 않나? (내 방구석에 잠들어 있다고 환경에 더 좋은 일을 하는지는 사실 모르겠다.)

만약에 비 오는 날 손님이 세 명 왔는데, 셋 다 우산이 없으면 어떡해? 그때 일회용 우산이 없으면 어쩐담? (물론 손님이 세 명이나 오는 일이 아직까지 일어나지 않았다.)

요즘 쇼핑백은 버리기 아깝게 예쁘기도 하고, 물건을 들고 나갈 일이 있을 때 쇼핑백이 없으면 어디에 담아? (집에 고이 모셔둔 오백 개의 에코백을 활용하면 된다.)

집 안의 모든 물건이 최후 변론을 마치고, 몇몇만 살아남았다. K는 살아남은 물건들이 앞으로 있어야 할 장소를 지정해주었는데, 정리 열등생의 눈에는 신비한 마술로 보였다. 예를 들면, 아침에 일어나 잠옷을 어디에 두는가? 나의 경우는 그때그때 달랐다. 어느 날은 침대 위에 두기도 하고, 어느 날은 욕실 바로 앞에 벗어두고 나가기도 하고, 어느 날은 행거 앞에 두기도 하고, 또 어느 날은 행거 앞 의자에 걸쳐두기도 했다. 그러나 정리정돈 마스터의 세계는 그런 것이 아니었다. K는 잠옷의 자리를 행거 최상단 왼쪽으로 지정해주었다.

"앞으로 잠옷을 벗으면, 이 자리에 두는 거야. 알았지?"

나는 한마디라도 더 들으려는 점집 손님처럼 K에게 물건의 위치를 계속 물었다.

Q. 오늘 들고 나갔다 온 가방은?

A. 행거 최상단 오른쪽.

Q. 1년에 몇 번 안 쓰지만 부피가 큰 캐리어는?

A. 전신 거울 뒤쪽 안 보이는 곳에.

Q. 곰돌이가 인쇄되어 있어 귀엽지만 접착력이 하나도 없는 이 마스킹 테이프는?

A. 이거 아까 왜 안 버렸어?

정리정돈 마스터 K의 룰은 세 가지였다.

쓰지 않는 물건은 버린다.

모든 물건은 자기 자리가 있다.

모든 물건은 안 보일수록 좋다.

휴일 오후에 단기 속성으로 K의 가르침을 받고, 며칠 동안 혼자서 정리를 더 해나갔다.

"이거 1년에 몇 번이나 쓰지?"

이 질문을 계속 생각했다. '에이, 그래도 1년에 한 번은 쓰잖아' 하며 생명을 연장한 물건들을 다음 날 보면 양심에 찔렸다. '평생 안 쓸 것 같긴 한데….' 평생 알아온 나 자신을 설득하긴 어려웠다. 큰 쓰레기봉투 세 개 분량으로 남아 있는 물건들의 상당수를 버렸다. 그렇게 정리를 끝내고 나서야 이사가 마무리된 기분이 들었다. 그러고 나서 어떻게 되었느냐고? 당연히 그때는 그때뿐 지금은 엉망진창 나만의 리듬대로 살고 있다는 결말을 예상하시겠지만, 놀랍게도 나의 집은 그때의 그 단정함을 유지하고 있다.

정리정돈 마스터란 이렇게 놀라운 존재이다. K의 반나절 레슨만으로 나의 정리정돈 세계는 다른 레벨로 들어섰다. 친구인 K가 재미 삼아 함께 정리해주었지만, 이런 유료 서비스가 있었다면 난 진작 비용을 치렀을 것이다. 집순이에게 깨끗한 집은 행복도를 높여준다. 올해 내내 친구들이 우리 집을 방문할 때마다 나는 K의 위대함과 전문가의 필요성을 설파하고 있다. 만약 당신도 나처럼 정리정돈을 책으로 배우려다 번번이 실패했다면 이 정리정돈 마스터의 질문을 써보시라. "이거 1년에 몇 번 쓰지?" 아마 당신의 물건들도 이 질문을 쉬이 통과하지 못할 것이다.

그들을 물리쳐라

어두운 새벽이었다. 그들 중 하나를 처음 만난 건. 해외 출장을 가는 날이었기 때문에 평소보다 몇 시간은 일찍 침대에서 일어났다. 아침 비행기를 타고 가려면 서둘러야 했다. 졸린 눈으로 더듬더듬 욕실 불을 켜고 샤워를 하러 들어간 자리에, 그가 있었다. 바퀴벌레. 체감상 거의 내 몸만 한 크기의 그가 바닥에서 또렷하게 나를 응시하고 있었다. 순간 엄청난 비명을 질렀다. 그들은 청각이 없나? 자세한 사정은 모르겠지만 그는 미동도 하지 않았다. 욕실 문을 사이에 둔 대치 상황이었다. 내가 할 수 있는 일이 뭐가 있겠는가? 조용히 욕실 문을 닫았다. 싱크대에서 양치하고, 세수하고, 머리도 감지 않은 채 공항으로 서둘러 떠났다. 이제, 나의 낡고 작은 이태원 집의 주인은 내가 아니라, 그인 것이다. 전세 계약 같은 인간의 약속이 다 무슨 소용이란 말인가. 나는 그날 집을 잃었다.

해외에서 며칠을 보내다 오니, 놀랍게도 그 사실이 잊혔다. 나만한 그와 만났다는 사실, 이제 그들이 내 집의 주인이라는 사실을 나조차도 의심했다.

'아주, 정말, 우연히, 어쩌다가, 한 마리 만났을 뿐이야. 내가 해외 출장을 다녀왔듯이, 그도 잠깐 여행을 온 거랄까. 이제 이런 일은 없을 거야.'

나 자신에게 주문을 걸고 살던 몇 주 후, 다시 그가 나타났다. 마치 나의 안일함을 비웃듯이 이번에는 욕실도 아닌 옷방이었다. 처음 만났던 그날처럼 문을 닫고 집을 나가고 싶었지만, 이번에는 타고 떠날 비행기가 없었다. 한밤 중 괴성을 질렀지만, 이웃 중 누구도 경찰에 신고를 해주지 않았다(동네의 치안이 심히 걱정됐다). 옷방 문을 닫고, 그들이 자비를 베풀어 침실만은 들어오지 않기를 기도하면서 잠들었다. 그리고 다음 날, 하루 종일 인터넷에 올라온 남들이 쓴 '바퀴벌레 박멸 일지'를 읽었다.

다들 정말 여러 가지 사연을 가지고 여러 가지 방법으로 그들과의 싸움을 이어가고 있었다. 가장 간편해 보이는 방법은 그들의 천적, 세스코를 부르는 것이었는데, 내 나이보다 오래된 주택 한편에 세 들어 사는 나에겐 최후에 고려하고 싶은 선택지였다. 세스코 없이 위대한 승리를 거둔 자들의 노하우가 담긴 포스팅을 집중적으로 읽었다. 그들이 가장 추천하는 무기는 '맥스포스 셀렉트겔'이었다. 간혹 승리의 기쁨에 취한 정복자들이 게시글에 그들의 모습을 찍어 올리기도 하기 때문에, 정신적인 데미지를 입으며 정보를 수집했다. 지금도 제품 이름이 생각나지 않아 검색했다가, 또 한 번의 데미지를 입었다.

덫처럼 먹고 그 자리에서 죽는 약은 싫었다. 그랬다가는 그들의 사체를 볼 수도 있으니까. 셀렉트겔은 그걸 먹고 둥지로 돌아가서 동료들과 함께 죽음을 맞이한다는 점이 마음에 쏙 들었다. 집 안 틈새에 뿌려두면 해충을 흥분시켜 결국 죽음에 이르게 한다는 스프레이 약 '비오킬'도 사서 함께 뿌렸다.

몇 주가 지나지 않아, 이런 모든 조치를 조롱이나 하듯이 그가 침실에 당당하게 모습을 드러냈다. 동일 인물인지는 알 수 없으나 이번에도 체감 크기는 나와 동등한 수준이었고 아무리 작게 보고 싶어도 스타벅스 커피잔만 했다. 이번엔 문을 닫고 나가 버릴 수가 없었다. 침실만은 사수해야 한다는 마음으로 손에 잡히는 스프레이를 뿌렸다. 용감하게 맞선 나의 손에 들려 있었던 건 해충을 흥분시켜 죽음에 이르게 한다는 비오킬이었다. 그 말은 즉 당장 그에게는 아무런 위협이 되지 못한다는 뜻이다. 그는 나의 공격에 더 자극을 받아 날개를 펼쳐 날기 시작했다. 세상에, 잠은 꼭 집에서 자야 할까? 이제 내 집이 아닌 것 같은데? 이제 그만 이 집을 넘기고 떠나야 할 때가 아닐까? 잠시 고민하다가 집을 내줄 땐 내주더라도 내 몸에 닿지 않게 하려면 지금 그를 물리쳐야 한다는 생각에 부엌으로 뛰어가 락스 스프레이를 집어 분사했다. 락스가 몸에 닿자 비상하던 그는 날개에 힘을 잃고 떨어져 죽음을 맞이했다. 두루마리 휴지 5천 겹을 말아 잡아서 변기 안에 넣고 물을 내렸다.

그날 이후, 그들 사이에 '마주치면 소리를 지르며 목숨을 위협하는 세입자가 있다'는 풍문이 돌았는지, 아니면 곳곳에 설치해놓은 약이 효과를 발휘했는지, 그들은 자취를 감췄다. 이 모든 에피소드가 다시 생각나는 이유는 새로 이사 온 집에서 약 8개월 만에 처음으로 그들의 친척쯤으로 추정되는 벌레를 발견했기 때문이다. 다시 시작인가…. 아직 약은 남아 있다.

쓰레기 도난 사건

우리 동네의 쓰레기 배출일은 화, 목, 일요일이다. 우리가 어떤 민족인가! 분리수거의 민족이다. 우리가 아무리 공들여 분리수거를 해봤자, 미국이나 중국에서 나오는 쓰레기 양을 생각하면 결국 지구를 구할 수 없을 거라는 비관적인 생각이 들곤 하지만, 어쨌든 우리의 몸에는 분리수거 DNA가 있다. 철저한 분리수거로 타는 쓰레기만 모아 10L짜리 쓰레기 종량제 봉투를 채워 보통 1주일, 혹은 2주일에 한 번씩 쓰레기를 내놓는다. 그날은 목요일이었고, 회식이 예상되는 날이었다. 늦게 들어올 것을 대비해 전날 밤 미리 배출 태세를 갖춘 쓰레기봉투를 현관문 안쪽에 두었다. 서울의 쓰레기차는 밤에 움직인다. 그러니 배출 시간도 늦은 오후다. 그날은 밤늦게 귀가하면 쓰레기차 오는 시간을 못 맞출까 걱정이 되기도 하고, 늦은 밤에 집에 들어왔다 다시 나가는 게 번거롭게 느껴지기도 했으며, 사실은 당장이라도 버리고 싶은 마음에 출근길에 쓰레기봉투를 내놓았다. 그리고 그날, 예상했던 것보다 이른 시간에 귀가했다. 쓰레기차가 당연히 다녀가지 않았을 시간, 집에 점점 가까워지는데… 이상하다?! 빌라 앞에 분명히 아침에 내놓은 종량제 봉투가 없었다.

다른 종량제 봉투들은 있었지만, 내 종량제 봉투가 사라졌다. 약간의 여유 공간을 두고 묶어서 내놓았는데 봉투를 120% 정도 채우지 않으면, 누군가 가져가서 자기 쓰레기를 담아 내놓는다는 이야기를 들었었는데, 정말 그런 일이 일어난 것일까? 아니, 도대체 얼마나 알뜰해야 쓰레기를 훔쳐다 쓰레기를 더한단 말인가. 내 쓰레기봉투에 담겨 있을 나의 모든 폐기물들이 신경 쓰였다. 생리대, 탐폰, 찢어버린 영수증 등. 종량제 봉투를 80%만 활용한 내 잘못이다. 아니, 아침에 내놓은 내 잘못이다. 두 가지 실책 사이에서 괴로워하다가 저녁식사를 만들며 나온 재활용 쓰레기를 버리러 밖으로 다시 나갔다. 충분히 어둡고 쓰레기가 더 모여 있는 시간, 그곳에 감쪽같이 사라졌던 나의 봉투가 있었다! 게다가 아침에 내가 내놓았던 상태와 다르게 곧 터질 것처럼 채워져 아슬아슬하게 묶여 있었다.

지금 살고 있는 연신내 빌라는 주차장 앞쪽에 쓰레기를 버리는 곳이 정해져 있다. 이전에 살던 이태원 집은 따로 정해진 구역이 없었고 쓰레기봉투가 여기저기에 있었다. 음식점이 많은 대로변이라 전봇대 주위에도 있었고, 맞은편 주택 담벼락에도 있었다. '알아서 눈치껏 버리면 되는구나' 했다. 어느 날 재활용 쓰레기를 맞은편 주택 담벼락에 버리러 갔다. 쓰레기를 내려놓는데, 어디서 비명 같은 외침이 들렸다.

"거기 쓰레기 버리는 데 아니에요!"

맞은편 주택 주인이었다. 화들짝 놀라 "죄송합니다" 하고 웅얼거리며 뒤돌아섰다. 얼굴이 화끈거렸다. 내가 지금까지 쓰레기 불법 투기를 해온 걸까? 어떻게 해야 할지 몰라 쓰레기를 그대로 들고 약속 장소까지 가져가 공용 쓰레기통에 버렸다.

친구와 헤어져 집에 돌아와 용산구청 홈페이지에 접속했다. 지금까지 눈치껏 쓰레기를 버려왔는데 과연 쓰레기가 가야 할 곳은 어디란 말인가. 용산구청은 쓰레기 배출에 관하여 이렇게 친절히 설명하고 있었다.

"각 가정 및 점포에서 발생된 폐기물은 품목별로 분리하여 배출 시간을 지켜 내 집, 내 점포 앞에 배출해주세요."

'아, 각자 집 앞에 버리면 되는 거구나.'

그날 이후로 쓰레기봉투를 집 앞에 버렸다. 권장 배출 시간인 오후 6시 이후, 멀리 갈 것도 없이 집 앞에 버리니 몸도 마음도 편했다. 그러다 어느 날, 이제야 범인을 잡았다는 듯이 집주인 할머니가 쓰레기를 버리는 나를 붙잡았다. 집 앞에다 버리면 안 되고, 무려 집 앞 차도를 건너 맞은편 전봇대 옆에 버리라는 것. '네? 하지만 용산구청 홈페이지에 의하면…'이라고 설명하기엔 집주인 할머니는 너무 가깝고 용산구청은 너무 멀었다.

"아, 네…."

그 뒤 집주인 할머니가 가장 좋아하는 쓰레기 배출 장소까지 가서 쓰레기를 버렸다. 할머니는 그곳까지 가서 쓰레기를 버리는 나를 몇 번씩 흐뭇한 눈빛으로 지켜봤는데, 나에게는 무언의 협박으로 느껴졌다.

'다시는… 다시는 내 집 앞에 쓰레기를 버리지 마라….'

그나저나 용산구나 지금 사는 은평구나 왜 쓰레기를 밤에 버리라고 할까? 그리고 왜 쓰레기차는 모두가 잠든 시간에 움직일까? 2016년 9월 6일자 한겨레 기사 '일본 청소차는 낮일… 한국은 왜 밤에 할까'에 따르면, 일본 도쿄는 환경미화원의 부상 위험을 고려해 오전부터 업무를 시작하는 데 반해, 서울 환경미화원은 '보기 싫은 쓰레기를' '시민이 출근하기 전에 치워야' 하기 때문에 밤 11시부터 아침까지 작업한다. 밤에 일하면 작업의 위험도 높아지고, 낮에 일하고 밤에 쉬는 평범한 생활 리듬을 가지기도 어렵다. 실제로 다치거나 사망에 이르는 환경미화원이 많다고 한다. 서울에서는 낮에 쓰레기가 있는 걸 보기 싫어하는 시민들이 있으니 '밤에', 도난 위험이 있으니 꼭 '가득 채운' 쓰레기봉투를 버려야 한다. 환경 미화원분들이 안전하게 낮에 일할 수 있었으면 좋겠고, 내 생활의 증거가 모두 담겨 있는 쓰레기봉투를 누군가 훔쳐가지 않았으면 좋겠다. 지금도 혼자서는 1주일 만에 채우기 힘든 10L짜리 종량제 봉투를 105%쯤 채우고 나서도 불안해하고 있다.

'아, 아니야. 아직 부족해. 더 채워 버려야 해.'

혼자 사는 여성과 고양이의 상관관계

"고양이는 잘 지내요?"

이 안부 인사를 자주 듣는다. 이 질문에 뭐라고 대답해야 할지 모르겠다. 왜냐하면 나는 한 번도 고양이를 키운 적이 없기 때문이다. 정말 잠시 맡아본 적도 없다. 고양이가 '혼자 사는 30대 싱글 여성의 상징'이 되어버린 것인지, 아니면 내가 집 밖에 잘 안 나가는 이유가 고양이 때문이라고 생각하는지, 사람들은 종종 내 집에 고양이가 있을 것이라고 생각한다. 물론 저도 있으면 참 좋겠습니다만.

나는 동물을 좋아한다. 강아지든 고양이든 사랑스럽다. 주기적으로 동물을 만나야 행복도가 올라간다. 강아지나 고양이가 있는 친구 집에 놀러가 잔뜩 털을 묻히고 오는 게 즐겁다. 고양이나 개 중 고른다면 개를 키우고 싶다. 70대 유튜버 스타 박막례 할머니는 패션 잡지 상담 코너에서 "꼭 결혼을 해야 할까요?"라는 질문에 이렇게 답하신 바 있다.

"능력 있으면 혼자 살아. 개 키우면서 살아."

언젠가부터 대형견을 키우는 게 꿈이었다. 어릴 때부터 그랬던 것은 아니다. 어릴 때 개는 다 무서웠다. 물린 적이 있었던 것도 아닌데, 담장 밖으로 나오는 개 짖는 소리도 무서워 피해 다녔다. 개는 다 사납고 무서운 줄 알았다. 그런데 스무 살 때쯤 외국에서 잠시 늙고 순한 골든 리트리버와 함께 살며 생각이 바뀌었다. 영어를 배운다고 비싼 돈 들여서 어학연수를 갔는데, 모든 게 생각 같지 않았다. 홈스테이로 지내게 된 집은 2층집이었지만 내 방은 지하였고, 홈스테이 가족은 자기들끼리도 대화를 안 했다. '계약만 끝나면 얼른 나가야지' 하며 입맛에 안 맞는 음식을 삼켰다. 예상보다 추웠던 지하의 거실 소파에 웅크리고 앉아, 오래된 TV로 나오는 시트콤을 보고 있으면 순하디 순한 골든 리트리버가 발치에 앉았다. 외롭고 힘들었던 그 시절, 그 아이가 내 작은 위안이었다. 그때의 기억 때문일까. 언젠가는 커다란 골든 리트리버를 키우고 싶다.

그렇지만 작은 전셋집은 활동량이 적은 나에게나 알맞지, 골든 리트리버가 살 수 있는 크기는 아니다. 조금 더 큰 집에 살 수 있게 된다 해도, 그 크고 활동량 많은 개를 집에 가둬두고 어떻게 출근을 한단 말인가. 조금만 이성적으로 생각해보면 나의 바람이 실현될 가능성은 거의 없다. 남의 개라도 보려고 TV 프로그램 〈세상에 나쁜 개는 없다〉를 자주 본다. 소위 개통령 강형욱 훈련사의 말씀 하나하나를 개도 없으면서 마음에 새긴다. 주인이 어떻게든 반려견의 마음을 알아주고 더 잘 키우기 위해 노력하는 것보다, 개가 몇 배는 더 주인을 사랑하는 게 느껴질 때마다 눈물이 핑 돈다. 아니, 도대체 인간 따위가 뭐가 좋아서.

강형욱 훈련사의 가르침 중 하나는 '혼자 사는 사람은 개를 키우면 안 된다'는 것인데, 강아지가 혼자 추억도 없이 외롭게 성장하는 것을 막아야 한다는 의미다. 혼자 사니까, 외로우니까 개를 키우기 시작해서는 안 된다고 했다. 맞는 말이다. 평일에 자는 시간을 제외하면 몇 시간 되지도 않는 시간을 함께하려고 강아지에게 외로움을 안겨줄 순 없는 일이다. 게다가 나는 한 번도 동물을 키워보지 않은 쫄보라서 한 생명을 평생 책임질 수 있을지 아직 자신이 없다.

길에서 골든 리트리버가 지나가면 반갑다. 반려묘와 사는 친구가 여행 가면 빈집에 들러 고양이의 물과 밥을 챙겨주고 온다. 아직은 여기까지다. 다시 한번 말하건대 우리 집에 고양이는 없다. 유튜브로 남의 집 개와 고양이를 보며 웃고 있는 내가 살고 있을 뿐. 세상의 모든 개와 고양이가 행복했으면 좋겠다. 그들은 너무 귀엽고, 사랑스럽고, 인간을 너무 좋아하니까.

혼자로는 힘들 때

퇴근 후, 동네 마트에 들렀다. 주로 사는 물품은 정해져 있지만 그래도 어슬렁거리며 반조리 식품 코너를 보고 있었다. 갑자기 나와 진열대 사이로 팔 하나가 쑥 들어왔다. 깜짝 놀랐다. 가족과 장을 보러 나온 남자였다. 그는 내 앞에 있던 곰탕 반조리 식품을 들고 아내에게 매달렸다.

"이거, 이거 하나만 사자, 응?"

'비비고 곰탕이라…. 이렇게 사람을 놀라게 할 정도로 맛있나' 생각하는데, 여자의 차가운 목소리가 들렸다.

"안 돼. 이거 ○○(아마도 안고 있던 아이의 이름)이는 못 먹인단 말이야."

그 말에 바로 남자의 말문이 막혔다.

'안 돼, 더 힘을 내요. 어차피 곰탕은 2인분인데 어른들끼리 먹고 아이는 다른 거 먹으면 된다고 해요!'

내 마음속 응원이 들리지 않았는지 남자는 곰탕을 내려놓고 터덜터덜 돌아갔다.

혼자 살면 다 마음대로 할 수 있겠다 싶겠지만, 인생의 동지가 필요하다는 생각이 들 때가 있다. 반조리 곰탕을 사는 것보다는 조금 더 어려운 결정들, 예를 들자면, 에어프라이어를 살지 말지 같은 선택 말이다. 그동안 크고 작은 기기의 유혹을 잘 넘겨왔다. 작은 오븐이 있다면 피자빵도 해 먹고, 토스트도 해 먹고 정말 유용할 것 같았다. 발뮤다 토스터도 그렇고, 그것과 비슷하게 생긴 작은 오븐들은 집에 두기에도 예쁠 것 같았다.

'이미 토스터기는 있는데, 몇 번이나 쓰겠어.'

집에서 요리하는 횟수를 생각하다 그만뒀다. '자이글'은 또 어떤가. 고기를 한번 구우면 냄새가 1박 2일 빠지지 않는 환기 안 되는 집에서 냄새와 연기 없이 고기를 구울 수 있는 신박한 물건이라니. 생긴 건 그다지 호감이 가지 않지만 내가 좋아하는 목살을 집에서 편하게 구워 먹을 수 있다니, 엄청난 기계였다.

그런데 집에서 고기를 몇 번이나 구워 먹겠나 싶어 그것도 그만 뒀다. 에스프레소 머신은 남들 집엔 다 있는데 우리 집에만 없는 것 같았다. 아이스크림 위에 에스프레소를 더하면 아포가토가 된다. 좋아하는 아메리카노도, 라테도 실컷 마실 수 있다. 하지만 넌 커피라도 사러 집 밖에 좀 나가야 한다는 친구의 말에 마음을 접었다. 겨울이 됐다. 내가 정말 좋아하는 군고구마를 마음껏 먹을 수 있는 계절이다. 고구마를 구워주는 기계라니, 눈이 돌아갔다. 친구는 자기가 산 물건 중에 제일 잘 산 물건이라고 했다. 이거야말로 우리 집에 있어야 하는 제1의 가전제품이었다. 하지만 역시 나 혼자 먹을 수 있는 고구마 개수를 생각했다. 매일 군고구마를 굽는 동네 카페에서 사다 먹는 편이 훨씬 경제적이었다.

그런 나에게 에어프라이어가 다가왔다. 에어프라이어의 전지전능함을 간증하는 사람이 너무나도 많았다. 삼겹살도 구워 먹고, 소고기도 구워 먹고, 감자튀김을 해 먹고, 군만두도 해 먹고, 치킨도 해 먹을 수 있다고 했다. 세상에, 모두 다 내가 좋아하는 음식이다. 이 기기야말로 못하는 음식이 없다. 에어프라이어를 산 친구 집에 놀러갔다. 친구는 심지어 김말이 튀김을 해줬다.

친구 냉동실에서 김말이가 나올 때, '네가 왜 거기서 나와'의 심정이었지만 에어프라이어에서 나온 갓 튀긴 김말이는 맛이 없을 수가 없었다. 그럼에도 불구하고 '몇 번이나 쓰게 될까' 마음에 걸렸다. 튀긴 음식을 잘 먹는 편도 아닌데, 에어프라이어를 사서 온갖 걸 다 튀겨 먹는 게 과연 건강에 좋을까? 친구가 추천해준 모델명도 있고, 용량도 정했고, 구매 버튼만 누르면 되는데 고민이 됐다.

이럴 때 바로 인생의 동반자가 필요하다. 나 대신 에어프라이어를 꼭 사고 싶어 하는 동지가 있다면, 그 핑계를 대며 살 수 있지 않나. 만약 에어프라이어가 예전에 샀던 음식물 쓰레기 건조기처럼 자리만 차지하며 멀뚱히 날 바라볼 때에도 "네가 사자고 했잖아"라고 간편한 핑계를 대며 넘어갈 수 있는 상황이 필요했다. 혹은 나 대신 에어프라이어를 몇 번 돌리다 싫증을 내줘도 좋겠다. 결국 에어프라이어는 아직 사지 않았다. 하지만 역시 맥주 한잔에 감자튀김을 곁들이려면 소소하게 에어프라이어 하나는 있어야 하지 않을까. 오늘도 에어프라이어는 내 장바구니 한 편을 차지하고 있다.

싱글들은 언제 제일 결혼하고 싶냐는 질문을 영원히 받는다.

그가 아무리 대단한 사람이어도, 그러니까 한 국가의 수장이거나, 영웅이거나, 대단한 그 무엇이라고 해도 결혼을 하지 않은 사람에게 돌아갈 단 하나의 질문은 정해져 있다.

"언제 제일 결혼하고 싶으세요?"

나라고 피할 수 있겠나. "일 마치고 집에 들어왔는데, 집에 아무도 없고 어두울 때"라는 대답을 원할지 모르겠지만 사실이 아니다. 지친 몸으로 집에 돌아왔는데 아무도 없으면 얼마나 좋은데요. 그보다는 장바구니에 잠들어 있는 에어프라이어 이야기를 꺼내는 편이 더 솔직한 대답이 될 것 같다. 물론 누군가와 함께 산다는 건 에어프라이어로 감자를 튀기는 일보다 훨씬 복잡한 일이지만 말이다.

어쩐지 매일 인상이 좋은 사람

"인상이 좋으세요."

새로운 동네에 이사 와서 거의 매일 퇴근길에 '도를 아십니까'분들을 만났다. 더 번화한 이태원에서도 만난 적이 없던 사람들을 갑자기 매일 만나게 됐다. 혼자 길을 걷는 사람들이 타깃일 테니 내가 자주 레이더망에 걸리는 건 어쩔 수 없다. 그런데 몇 개월이 지나자, 나는 서운해졌다. 나도 이제 여러분 얼굴을 외울 지경이 되었는데, 그만 말을 걸 때도 되지 않았습니까. 그들은 2인 1조로 함께 다니며 목표물이 생기면 흩어져서 말을 걸거나, 한 명이 말을 걸 때 나머지 한 명이 뒤에서 지켜보는 방식을 택한다. 그리고 어디에서나 그들을 쉽게 알아볼 수 있도록 비슷한 차림이다. 왜 이 동네일까? 이 동네를 정복하는 원대한 목표를 세우고 이렇게 매일 돌아다니는 걸까? 이어폰으로 음악을 들으면서 멍하니 걷다가 그들이 불쑥 말을 걸어 소스라치게 놀라 소리를 지른 적도 있다. 질색하는 얼굴을 지어도 그때뿐이었다. 그들은 포기를 몰랐다. "도무지 횟수가 줄어들지를 않아. 내가 진짜 확신을 주는 좋은 인상인가" 하며 괜히 친구에게 불평했다.

'전하고 싶은 말씀'을 가진 사람들이 더 있다. 한겨울 피자를 사서 집으로 들어가는 길에 동네 주민인 듯한 중년 여성이 시간을 물었다. 겨울이면 춥다는 이유로 꺼져버리는 아이폰을 사용하는 사람으로서, 혹 강추위에 휴대폰이 꺼져버린 이웃이 아닌가 싶어 친절히 시간을 알려줬다. 동네 주민은 나에게 시간이 있냐고 되묻더니 예수님 말씀을 전해주겠다고 했다. 사람의 선의를 이렇게 이용하다니. 게다가 페퍼로니 피자를 포장해서 집에 가는 다급한 자매에게. 예수님이 좋아하실 방식이 아니었다. 그대로 지나쳐 집으로 왔다.

어느 주말에는 집에 있는데 쾅쾅 현관문을 두드리는 소리가 났다.

'올 사람이 없는데 누구지?'

한낮이었지만 낯선 자의 방문에 간이 콩알만 해졌다.

'아무리 낡은 집이어도 초인종이 있는데 왜 저렇게 문을 두드리고 있는 걸까? 우선 집에 없는 척해야겠지.'

숨죽여 현관 밖의 반응을 기다렸다. 마치 안에 누가 있는 걸 안다는 듯이 큰 목소리로 자기소개가 이어졌다. 자기는 어디 스님인데 물을 한 잔 달라는 것.

'아, 스님! 여기서 이러지 마시고 삼다수 사드세요!'

다시 도를 묻는 분들 이야기로 돌아와서, 지난 겨울은 정말 나를 노리는 자들을 매일 상대해야 했다. 날이 추울 때 사람들의 마음이 약해지는 걸 노리는 걸까. 그들의 마케팅 전략은 알 길이 없다. 같은 동네에 사는 친구는 그들의 숙소가 자기 집 근처에 있는 것 같다며 목격담을 들려주었다. 역시 강북의 끝인 이 동네를 정복하고 점차 서울의 남쪽을 향해 퍼져나가기로 한 게 틀림없었다.

동네에 새로 생긴 커피숍에 가서 2층 창가 자리에 앉았다. 횡단보도를 건너는 사람들을 멍하니 쳐다보는데, 앳된 얼굴의 남녀 둘이 사람들에게 말을 걸고 있었다. 또 무언가 전할 말이 있는 사람들이었다. 사람들이 정색을 하고 지나가면, 그다음 사람에게, 또 다음 사람에게 말을 걸었다. 전에 내가 마주친 사람들은 주로 길을 걸어 다니며 말을 걸었는데, 그들은 횡단보도에 서서 오가는 사람들에게 말을 걸기로 한 모양이었다. 추운 겨울인데 둘 다 늦가을에나 입을 법한 얇은 옷을 입고 계속 웃으며 사람들에게 인사를 건넸다. 사람들은 선한 인상의 그들에게 몸을 돌려 대답을 하다가도, 본론을 들으면 정색하고 고개를 돌렸다. 춥지만 햇빛이 눈부신 날이었다. 이렇게 좋은 날, 청년 둘이 사람들에게 수십 번씩 거절당하는 걸 지켜봤다. 사람들이 그들의 말을 들어줬으면 하는 건 아니었지만 그 청년들이 땡땡이도 치지 않는 성실한 사람들이라는 데에 화가 났다. 오늘 하루 정도는 땡땡이치고 둘이 어디라도 놀러가지. 아니면, 이 커피숍에라도 들어와서 따뜻한 음료라도 마시지.

겨울이 지나고, 이제 여름이 다가왔다. 왠지 예전만큼 길에서 자주 붙잡히지 않는다. 그들도 내 얼굴을 외운 건지, 동네를 옮긴 건지, 내 인상이 더 이상 좋지 않은지 이유는 모르겠다. 다만 어느 동네에 있든 그들이 조금 덜 성실했으면 좋겠다.

무서운 이야기 해줄까요

집 구하기 괴담 편

자다가도 생각날 무서운 이야기를 해볼까 한다. 이는 모두 내가 두 번의 전셋집 구하기를 통해 겪은 실화다.

첫 번째 이야기.

친구의 직장 동료가 이태원 집을 내놓는다고 했다. 창문으로 서울 시내가 한눈에 보인다며 집 칭찬을 늘어놓았는데, 그 말이 곧, 서울에서 제일 높은 곳에 집이 있다는 뜻임을 그때는 몰랐다. 나, 친구, 친구의 동료가 집을 보기 위해 서울 최정상을 향해 걸어갔다. 굽이굽이 골목을 지나 언덕의 꼭대기에 집이 보였고, 다시 가파른 외부 계단을 오르면 서울이 한눈에 펼쳐지는 집이

나왔다. 퇴근 후 등반을 시작했더니 마침 노을이 지고 있었다. 서울이 정말 내 발밑에 있었다. 아름다운 광경이었다. 바람이 사방으로 통했다. 그래서 겨울에는 꽤 춥다고 했다. '겨울에 추운 집은 싫은데…' 생각도 잠시, 무서운 이야기가 기다리고 있었다.

이 집의 집주인이 실종되었다는 것이다. 계약 당시 집주인은 외국에 사는 교포라 만나지 못하고 부동산을 통해서 계약을 했는데, 이제 보증금을 돌려받아야 하는 시점이 되자 부동산이 집주인과 연락이 닿지 않는다고 했다는 것. 그래서 오직 집주인이 교포라는 증거 하나로 해당 대사관에 확인 신청을 하고, 외국에서의 신원을 확인하는 절차가 1년 정도 걸릴 예정이라는 것. 친구의 직장 동료는 보증금을 당장 돌려받는 것을 진작에 포기하고 있었고, 이 집에 살 생각이 있다면 잠시 살아도 좋다고 했다. 그러니까 그분의 집이기도 했지만, 그 누구의 집도 아닌 상태였다. "아니요. 그렇게 임시로 살 수는 없죠. 감사합니다" 하며 서울이 한눈에 내려다보이는 그 집을 사양했다. 그분은 신혼집을 구해 이사했다고 들었는데 보증금은 돌려받으셨을까? 집 계약은 꼭 집주인 얼굴을 보고 하도록 합시다.

두 번째 이야기.

이태원에서 투룸을 구하겠다는 내 이야기에 부동산 사장님은 마침 넓고 좋은 집이 있다고 했다. 무려 방이 네 개라는 것.

'이 예산에서 방이 네 개라고요?'

그때 멈췄어야 했는데, 집 구하기 초보였던 나는 반신반의하면서 사장님을 따라나섰다. 위치는 무난했다. 큰길가는 아니었지만, 큰길에서 한 블록만 더 들어가는 골목이었다. 사장님은 골목길을 걷다가 갑자기 어느 담장이 낮은 집의 판자문을 밀고 들어갔다. 문인지 널빤지인지 구분이 가지 않는 무엇이 그 집의 대문이었다. 서울 한복판에 이런 집이 있을 수 있나. 제주도의 한적한 시골집처럼 안과 밖의 경계가 희미했다. 운동 신경이 없는 나도 담을 훌쩍 뛰어넘어 다닐 수 있을 것 같았다. '내가 혼자 살 거라고 말씀 안 드렸던가' 생각하며 엉거주춤 사장님을 따라 집에 들어갔다.

집은 생각보다 더 으스스했다. 천장에는 커다란 조명이 달려 있었을 것으로 추정되는 자국과 낡은 형광등이 있었다. 방 세 개는 사장님 말대로 정말 크고 넓었고, 몇 달은 비어 있던 집처럼 곳곳에 먼지가 앉아 있었다. 냉난방과는 아무 상관 없이 동남아 기후에 걸맞게 집을 짓듯 호쾌하게 지은 집이었다. '아무리 넓은 집도 이렇게까지 길바닥에서 자는 느낌이 난다면…. 게다가 아무나 길 가다 이렇게 들어올 수 있다면…' 이 정도 생각이 들었다면 그만 보고 나왔어야 했는데, 호기심에 괜한 질문을 했다.

"네 번째 방은 어디인가요?"

사장님은 먼저 세 번째 방으로 날 안내했다. 옷장도 아닌, 붙박이장도 아닌, 창고도 아닌, 무척 작은 정사각형 모양의 네 번째 방이 세 번째 방 한가운데 있는 문을 통해 연결되어 있었다. 해진 저녁, 깜깜한 그 방을 들여다보는데 여러 가지 영화가 머릿속을 스쳤다. 장르는 단 한 가지였다. '공포.'

"이 방은 왜 있는 거예요? (이게 호그와트로 통하는 문이 아니라면, 설마 덫은 아니겠지?)"

"허허…. 넓게 쓰면 좋지."

"전 혼자 쓸 거라…(자연스럽게 뒷걸음질로 나가자)."

"혼자 써도 넓게 쓰면 좋지, 허허."

나는 넓은 집 마니아 부동산 사장님을 앞서며 허둥지둥 집을 빠져나왔다.

세 번째 이야기.

집 구하는 앱에서 본 집이었다. 마포구에 위치한 빌라였는데 리모델링 후 처음으로 세입자를 구한다고 했다. 사진으로 보니 과감한 컬러가 돋보였다. 모르긴 몰라도 집주인이 꽤 신경을 쓴 것 같았다. 부동산에 연락해 집을 보러 갔다. 과연 사진으로 본 것처럼 지중해풍의 과감한 컬러가 눈길을 끌었다. 특이하게 신발을 신고 들어가는 구조였다.

'외국 같네.'

가격과 위치를 생각하면, 색다른 공간이라고 생각하고 지낼 수도 있을 것 같았다. 그런데 창문에 새시가 없었다. 이 집의 다른 모든 시설과 비교해도 꽤 오랜 세월이 느껴지는 안전장치 없는 나무 창문이었다. 추위도 추위지만, 낮은 층수인데 너무 위험해 보였다.

"이건 리모델링 안 하시는 건가요?"

"네, 집주인이 그건 안 한다고 하네요. 새시는 비용이 많이 들거든요."

부동산 사장님이 그렇지 않아도 하는 게 좋겠다고 말했는데, 소용없었다고 했다.

"그런데 이게 파출소 바로 앞 건물이거든요. 어느 미친놈이 파출소 앞 건물에 들어오겠어요. 괜찮을 거예요."

"네?"

당황한 나에게 사장님은 건물 바로 앞에 보이는 파출소를 가리키며 괜찮을 거라고 했다. 그렇게 나의 안전을 나 자신의 운과 파출소의 기동력에 맡기기엔 세상은 너무 위험한 곳이다.

"방범창을 하실 계획은 없는 거죠?"

나는 다시 한번 확인하고 파출소 앞집을 떠났다.

네 번째 이야기.

이 집도 집 구하기 앱에서 봤다. 우선 핫한 경리단길에 있었고 깔끔한 모노톤의 인테리어가 예뻤다. 1층이라는 게 마음에 걸렸지만 새시와 방범창이 사진으로 봐도 새것이었다. 우선 집에서 멀지 않으니 가보기나 하자는 마음으로 집주인과 약속을 잡았다. 주말 오전 10시쯤 사람 없는 경리단길을 걸으니 좋았다. 주소대로 찾아가니, 집주인은 세입자가 자고 있을 거라고 초인종을 누르고 들어가면 된다고 했다. 경사가 심한 길이었다. 대문을 열 때는 분명 1층인 것 같기도 했는데, 안으로 들어갈수록 경사가 이상했다. 결국 세입자가 현관문을 열어줄 때 알 수 있었다.

'아, 여긴 지하구나.'

오전 10시에 빛 한 점 안 들어오는 집에서 세입자가 겨우 눈을 뜨고 문을 열어주었다. 경사가 심한 곳이라, 1층이라고 할 만한 공간은 대문밖에 없었다. 어쩐지, 가격이 매우 저렴했다. 아침부터 잠을 깨워 미안한 마음에 대강 둘러보는 척만 하고 문을 닫고 나왔다. 집주인이 어땠냐며 전화를 걸어왔다.

"지하 같아서요…."

지하 같은 게 아니라, 지하가 분명했지만 괜히 공손한 추측성 문장으로 말을 끝맺었다. 당신이 1층이라고 생각하는 그 집, 혹시 지하일지도 모릅니다. 1층집을 보러 가야 한다면 꼭 아침에 둘러보세요.

서울에 사는 이상 이 모든 괴담을 피해갈 방법은 없는 걸까. 얼마 전 신혼집을 구하는 친구를 따라다니면서, 아주 약간의 단서를 찾게 되었는데 부동산 사장님들은 신혼부부에게만큼은 저런 모험을 떠나자고 권유하지 않는다. 물론 그들은 둘이서 일생일대의 소비를 하는 것이니만큼 나보다 예산이 넉넉하겠지만 예산이 넉넉하지 않은 신혼부부에게도 공포체험을 권유하진 않는 것 같다. 부동산 사장님들끼리 "신혼부부 살 집이야. 깨끗한 집 있어?"라고 서로 통화하는 모습을 보며, 그동안 봤던 많은 집들이 머릿속을 스쳐 지나갔다. 사장님들, 저한테 왜 그랬어요?

불효자는 잘 지냅니다

어버이날이었다. 성인이 되어서 알게 된 건 우리 집 사람들은 태어나면서 결심이라도 한 것처럼 웬만해서는 속마음을 말하지 않는다는 것이다. 대대로라고 해도 별로 틀린 말이 아니다. 우리는 가장 많은 시간을 함께 보낸 사이면서도 일정 부분은 미루어 짐작하는 데 익숙하다. 엄마가 받으면 기뻐할 선물이라니, 그건 차라리 어떤 수수께끼에 가깝다. 나는 내기나 도박을 좋아하지 않는 안전제일주의형 인간이라 기념일에는 무난하게 현금을 건넨다. 남동생은 어떤 쪽이냐면, 그래도 자신 있게 베팅을 하는 쪽이다. 올해는 엄마에게 여행지에서 산 가죽 가방을 선물했다. 동생의 베팅은 거의 매번 엇나가는 듯한데, 엇나감 역시 짐작하고 있는지 모르겠다. 나는 올해 엄마 생일에는 엄마가 항상 쓰는 기초 화장품 세트를, 어버이날에는 현금을 드렸다. 어버이날 즈음, 엄마 집 식탁에 앉아 저녁을 먹는 나에게 엄마가 넌지시 말을 건넸다.

"엄마는, 네가 괜찮은 남자 데려오는 그런 선물을 받고 싶어."

다시 말하지만, 우리 집안은 속마음을 말하지 않는다. 침묵이 흐르면 흘렀지, 결혼 이슈는 단 한 번 언급된 적 없는데, 어버이날 특별 사면 카드를 들고 있다는 듯이 엄마가 말을 꺼냈다. 나는 그냥 "엄마, 내가 진짜 데려오면 어떻게 하려고 그래. 큰일 나"라는 농담으로 웃어넘겼다.

엄마는 30대 중반에 혼자 사는 큰딸과 결혼에 관심이 없는 작은딸을 볼 때마다, 우리 딸들은 왜 그럴까 궁금하고 답답한 눈치다. 아무리 현시대의 비혼율과 주변의 혼자 사는 여자들 이야기를 들려줘도 엄마의 의문은 사라지지 않을 것이다. 그건 나도 마찬가지다. 지금의 나보다 어린 나이의 젊은 엄마가 말수도 적고 달콤한 말 같은 건 한마디도 못했을 아빠를 따라 고향을 떠나기로 한 마음이 뭘까 짐작 가지 않는다. 어떻게 그렇게 용감할 수 있지? 어떻게 더벅머리 남자만 믿고 일을 그만두고, 부모님

엄마는 네가
괜찮은 남자 데려오는
선물 받고 싶어

과 친구들을 떠나 낯선 도시에 살기 시작할 수 있었을까? 엄마는 항상 대수롭지 않다는 듯 '옛날엔 다 그랬어'라고 대답한다. 옛날 여자들 백 명 중 아흔아홉 명이 그랬어도, 지금의 나와 데칼코마니처럼 생긴 엄마가 그랬다는 게 믿기지 않는다. 160cm에 40kg 정도밖에 안 되는 작고 마른 여자가 낯선 도시에서 세 명의 아이를 낳고, 시부모님과 함께 살고, 새로운 일을 시작하고, 새로운 친구들을 사귀었다. 엄마는 결혼하지 않는 내가 엄청난 선택을 하고 있다고 생각하지만, 엄마의 결정에 비하면 나는 차라리 아무 선택을 하지 않은 편에 가깝다.

완전히 지쳐 집에 돌아와서 밥 차릴 힘도, 씻을 힘도 없어 외출복 차림 그대로 한참을 소파에 누워 있을 때가 있다. 나의 엄마는 이렇게 지치는 날에도 대가족을 돌봤다. 나는 나 하나를 씻기고, 먹이고, 재우는 것도 이렇게 어려운데….

"엄마, 난 나 하나 챙기는 것도 힘든데, 어떻게 우리 셋을 키웠어?"

엄마는 이 질문에도 대수롭지 않게 대꾸한다.

"너희 키울 때가 제일 행복했어."

엄마는 불평하지 않는 사람이다. 그 어떤 상황에서도 불평하지 않고 자기 할 일을 하는 이 작은 여자가 나를 키웠다. 얼굴도, 키도, 체형도, 우리는 모두 비슷하니까 아마 그 씩씩함도 내 몸 어딘가에 들어 있을 거라고 믿는다. 그 힘으로 날 잘 먹이고, 키우고, 돌봐야지. 좋은 결심이긴 한데, 엄마가 바라는 방향은 아닌 것 같다. 어쩔 수 없지. 엄마, 불효자는 오늘도 잘 지냅니다.

혼자서도 괜찮습니다만

혼자 살면 남자들이 좋아한다면서요?

혼자 산다고 하면 가장 많이 들을 수 있는 말은 "남자들이 좋아하겠네"이다. 내가 혼자 사는 것만으로 인류의 절반을 기쁘게 할 수 있다니, 놀라운 일이다. 저 말을 꺼내는 사람들은 나의 인기가 혼자 사는 것으로 (비로소) 높아진 것이 너무나 기쁜지 얼굴에 만연한 미소를 띠고 있다. 그 미소의 뜻을 알고 있지만, 알고 싶지 않아서 애써 무시하고 침묵하면 내가 중대한 진실을 외면한다는 듯 "왜, 남자들 이상형이 자취하는 여자잖아"라는 말을 굳이 덧붙인다. '아, 남자들의 이상형이 되는 방법도 모르고 30년을 넘게 살았다니, 지난 생이 헛되고 헛되도다'라는 반응을 기대하는 걸까.

여자가 혼자 살면서 매일 의식해야 하는 건 날 이상형으로 생각하는 남자의 호의가 아니라, 혼자서 모르는 남자와 마주치는 상황에 대한 공포다. 좁은 골목길에서 마주친 남자가 술에 취한 것 같은데 그냥 지나가겠지? 배달 음식 시키면 혼자 사는 여자 집을 체크해둔다는데, 설마 안 그러겠지? 보일러 고치러 기사가 밤 9시 넘어서 온다는데 친구한테 미리 연락해놓으면 괜찮겠지? 조심에 조심을 거듭한다고 해도, 이사를 하게 되면 '남자'들의 방문이 잦아진다. 이사 업체, 도시가스 설치 기사, 보일러 점검 기사, 인터넷 설치 기사 등등 여러 낯선 남자들의 방문을 피할 길이 없다.

그날 방문한 남자는 가구 설치 기사였다. DIY 가구를 구입했지만, 먼저 구입한 친구가 꼭 설치 옵션을 선택하라고 해서 '설치 기사 방문'을 체크하고 추가 비용을 미리 지불했다. 가스 설치처럼 간단히 끝날 일이 아닌 것 같아서, 친구가 집에 놀러온다는 토요일로 방문 일자를 잡았다. 설치 기사가 예정 시간보다 빨리 도착했다. 주문이 밀려 빨리 처리하고 가야 한다고 했다. 친구랑 같이 있을 때 오시면 좋을 텐데, 생각했지만 무거운 가구를 싣고 오는 사람을 막을 방법은 없었다. 설치 기사가 집에 들어와 현관에서 신발을 벗으며, 집 안을 둘러보더니 내 얼굴을 빤히 보

며 물었다.

"신혼집은 아닌 거 같고 혼자 사는 거 같은데…. 혼자 살죠?"

등 뒤에 식은땀이 났다. 낯선 남자와 단둘이 집에 있는데 '혼자 살죠?'라는 말을 들었을 때 밀려오는 공포에 온몸이 굳었다. 아니라고 해야 하나, 맞다고 해야 하나, 맞지만 아니라고 해야 하나. 삼지선다 중 그 어느 것도 선택하지 못했다. SNS에서 봤던 '혼자 사는 여자 생존법' 같은 것들이 머릿속을 스쳐 지나갔다. 남자 신발을 사서 현관에 둬라, 벽에 남자 경찰 사진을 걸어 둬라 등 유난스럽다고 생각했던 모든 생존법이 예시 사진과 함께 생생하게 떠올랐다. 밀랍 인형처럼 굳은 나를 보더니 자기 추측이 맞았다고 생각했는지, 내 대답을 더 기다리지 않고 이해가 안 된다는 눈빛으로 한마디를 덧붙였다.

"여자 혼자 사는데 왜 넓은 데 살아요?"

'넓은 데'라니? 나도 모르게 굳은 몸을 돌려, 집을 둘러봤다. 낯선 사람이 현관에 서서 얼핏 보기만 해도 혼자 사는지 둘이 사는지 살림살이 파악이 단번에 가능한 이 집을 두고 하는 말이 맞나. 혹시 설치 기사 눈에만 다른 VR이 펼쳐지고 있나. 말문이 막혀 멍하게 있다가 나도 모르게 생존용 미소를 띠며 밸을 필요가 없는 변명을 하기 시작했다.

"하하…. 동생도 가끔 와서 자고 가서요."

그는 내 변명에는 관심 없다는 듯이 가구를 들고 방에 들어갔다. 그러곤 가구를 조립하기에 방이 너무 좁다며, 방 안에 있는 살림살이를 밖으로 치우라고 했다. 여자 혼자 살기엔 과분하게 넓지만 가구를 넣기엔 너무 좁은 아이러니한 방에서 나는 정신없이 살림살이를 부엌으로 날랐다. 마동석 님은 100평대에 혼자 살아도 이런 말을 한 번도 못 들어보겠지만, 혼자 사는 여자는 현관에서부터 이런 이야기를 듣는 것이다.

설치 기사가 집을 떠나고, 나는 분노하여 이 이야기를 친구들에게 했고, 친구들은 가구 회사에 컴플레인하라고 조언했다. 하지만 내 주소, 연락처, 얼굴을 아는 사람에 대한 컴플레인을 적극적으로 하기 두려워서 하지 않았다. 여자 혼자 살기에 적당한 집의 크기는 어느 정도일까. 그 적당함을 나와 아무 상관없는 낯선 남자가 정해줄 수 있는 걸까. 오늘도 택배 메모란에 '벨 누르지 마시고 문 앞에 두고 가주세요'를 적고, 배달 음식은 주소를 다 쓰지 않고 '현관에서 전화 주세요'라는 메모를 남기며 그날의 분노를 떠올린다. 혼자 살면 남자들이 좋아하겠다고요? 아, 네….

주말 오전 10시에 한강에 가다 생긴 일

처음 독립하고 살았던 동네 이태원 하면 보통 주말마다 붐비는 해밀턴 호텔 뒷골목을 연상하지만, 정작 이태원에서 사람들이 많이 모여 사는 곳은 그 반대편 한강에 근접한 보광동이다. 보광동의 집에서 10분 정도만 걸으면 한강에 닿는다. 뭘이 뭐라고, 한강에 걸어갈 수 있는 것만으로 좋았다. 잠수교까지 걸어도 가고, 뛰어도 가봤다. 한강을 달리는 사람들 곁에서 땀을 흘리면 기분이 좋았다. 한번은 친구가 자전거를 타고 동네 고수부지까지 온다고 했다. 오전 10시쯤 운동복을 입고 후드티를 걸치고 친구를 만나러 한강으로 향했다.

주말 아침이라 한산했다. 문을 연 가게, 안 연 가게들이 띄엄띄엄 있었다. 인도를 따라 내리막길을 가는데 웬 낯선 남자가 내 손목을 잡아챘다. 눈은 빨갛게 충혈되어서 초점을 잃었고, 술 냄새가 풍겼다. 지금까지 술을 마시다 귀가하는 동네 사람인 듯 싶었다. 손목을 잡은 채 내 눈을 바라보며 히죽 웃었다. 초점 잃은 빨간 눈에 소름이 끼쳤다. 다행히 동네 파출소 바로 앞에서 일어난 일이라, 재빨리 손목을 빼낸 후 파출소로 들어갔다. 무슨 일이냐고 묻는 경찰에게 대답했다.

"밖에 있는 저 남자가 길 가는 제 손목을 잡고 안 놔줘서요."

파출소에 있던 경찰 두 명 중 한 명은 나에게 자리에 앉으라고 하고, 한 명은 그 남자가 있는 길로 나갔다. 남자는 아직도 날 잡은 그 자리에 그대로 서 있었다. 경찰은 남자와 대화를 나누고는 다시 들어왔다.

"길 물어보려고 그랬대요."

남자의 변명을 나에게 그대로 전했다. 그는 나에게 길을 물어보기는커녕 말을 꺼내지도 않았다. 손목을 잡고 눈을 마주치며 히죽 웃었을 뿐. 그것보다 왜 경찰이 그 남자를 변호하고 있지? 뜨악한 눈빛으로 쳐다봤더니 혼잣말을 중얼거렸다.

"길을 물어볼래도 손목을 잡으면 안 되지…. 안 돼…."

"잠깐 여기 있다가 가세요. 시간 괜찮으시죠?"

운동복을 입고 에코백에 과일을 넣어 한강을 가던 길이라 급한 일은 없었으니 경찰 말대로 파출소 의자에 앉았다. 휴대폰을 만지작거리며 한참 있다가 파출소를 나섰다.

"안녕히 계세요."

가던 길 그대로 한강으로 내려갔다. 한강 벤치에 앉아 친구를 기다리다가 그제야 화가 났다. 파출소에 앉아 있는 내내 나지 않았던 화가, 한강에 걸어 내려오면서도 나지 않았던 화가, 그제야 났다. 왜 난 내 시간을 쓰면서 파출소에 머물러야 했고, 그 남자는 (길도 모른다면서) 자기 갈 길을 갔던 걸까. 그 남자가 편히 갈 길을 가기 위해 나는 잠깐 치워졌던 건가 하는 기분까지 들었다. 그렇다고 남자를 파출소에 앉혀놓고, 내가 갈 길을 갔다면 남자가 앙심을 품어서 더 위험해졌을까. 아니면 경찰이 나와 함께 걸어왔어야 했을까. 손목을 잡아채는 것 정도는 범죄가 아닌가. 화가 나면서도 혼란스러웠다.

이태원에 산다고 하면, 몇몇은 위험하지 않냐고 묻곤 했다. 외국인들이 많고, 늦게까지 술을 마시는 분위기의 동네라서 일어날 수 있는 일들을 걱정했겠지. 사실 내가 사는 곳은 주택가라

그런 염려와는 거리가 멀었지만, 나도 드라마나 영화에서 봤던 것처럼 범죄란 늦은 밤, 술 취한 사람들이 가득한 길이나 으슥한 골목길에서나 일어날 거라 생각했다. 주말 오전 10시에 한강에 가는 큰길에서 치한을 만나게 될 줄은 몰랐다. 다행히 아무 일이 아니라면, 아무 일도 아니었다. 도착한 친구는 벤치에 앉아 내 울분에 찬 이야기를 들어주었고, 함께 과일을 먹고, 날씨가 좋다는 이야기를 하다 헤어졌다. 다시 집으로 돌아오는 길에도, 그 후로 이사 갈 때까지 비슷한 일은 일어나지 않았다. 하지만 가끔, 손목이 잡힌 채 벌겋게 충혈된 눈과 마주친 순간의 공포와 파출소에 얌전히 앉아 그 남자가 지나갈 때까지 기다렸던 그 시간이 생각난다. 그 남자는 그게 처음이자 마지막이었을까? 다른 여자들을 위협하진 않았을까? 그 여자들도 지나가는 길에 경찰이나 파출소를 만날 수 있을까?

드랍 더 비트

도어락이 고장 났다. 몇 주 전부터 키패드가 잘 안 눌리는 것 같아 건전지를 교체했다. 건전지 덕인지 잘 되는 듯하다가도 몇 번 아슬아슬하게 번호가 눌리지 않았다. 그래도 다시 시도하면 눌리곤 해서 크게 신경 쓰지 않았다. 주말 아침, 부지런하게 동네 빵집에 빵을 사러 나갔다 왔는데 문이 열리지 않았다. 비밀번호 숫자 네 개의 키패드가 모두 안 눌렸다. 간절한 마음을 담아서도 누르고, 가볍게 누르기도 하고, 부술 듯이 세게 눌러도 봤는데 경고음만 울려 퍼졌다. '진정해, 내가 집주인이야.' 매번 열심히 피해 다닌 빌라 이웃들이 모두 나올까 걱정됐다. 결국 여러 번의 시도 끝에 문을 열었다. 주말에 '진짜 집주인'에게 연락을 해도 될까 고민하다가 우선 오늘은 넘기고, 다음 날 아침에 연락하기로 마음먹었다. 구글에 검색해보니 키패드가 눌리지 않는 현상은 도어락이 오래되면 어쩔 수 없이 나타나는 현상이니 새로 교체해야 한다고 했다. 도어락을 교체하게 되면, 집주인과 나, 둘 중 누가 돈을 내야 하는지도 검색해봤다.

'당연히 집주인이 해줘야죠. 저도 얼마 전에 세입자 도어락 새로 달아줬습니다.'

'집주인이 해줘야 하는 건데, 사실 못 내겠다고 하면 어쩔 수 없어요. 한번 물어나 보세요.'

'형광등을 집주인이 갈아줍니까? 당연히 도어락 수리비도 세입자가 내야 합니다.'

'저는 결국 반반 냈어요. 집주인이 해줘야 하는 건데ㅠㅠ'

갑론을박 속에 변호사의 답변이 눈에 띄었다. 법률 상담 사이트에 올라온 변호사의 답변은 '집주인이 내야 한다'였다. 야호! 다음 날 회사에 가서 같은 부서 차장님께도 여쭤봤다.

"당연히 집주인이 해줘야죠."

용기가 샘솟았다. 집주인에게 문자를 보냈다. 근처에 사는 집주인은 내 퇴근 시간에 맞춰 오겠다고 했다. 저녁에 찾아온 집주인은 키패드가 안 눌리는 걸 확인하고, 수리 기술자에게 전화를 걸었다. 다른 기술자는 오기만 하면 무조건 새로 달아야 한다며 괜히 돈만 많이 든다고, 이 사람은 아는 사람이니 어떻게든 불러서 고쳐보자고 했다. 나야, 집에 갇히거나 집 밖에 갇히지만 않으면 무엇이든 괜찮았다. 기술자가 와서 도어락을 살피기 시작하자, 집주인의 하소연이 시작됐다.

“아니, 이 아가씨가 산 지 석 달밖에 안 됐어. 이거 돈 내면 얼마나 억울할 거야. 그냥 잘 쓸 수 있게 한번 봐줘. 나도 아가씨한테 돈 내라고 어떻게 해.”

우선 나는 산 지 1년 하고도 석 달이 넘었기 때문에, 의아한 얼굴로 집주인을 쳐다봤다. 집주인은 나에게 윙크 비슷한 눈짓을 했다.

‘아, 최대한 나를 불쌍하게 만드는 거짓말을 해서 가격을 깎으려는 거구나.’

나도 알아들었다는 사인을 보냈다. 그런데 뒤에 따라붙었던 말도 그냥 하는 말인지 확실치가 않았다.

‘내가… 돈을 낸다고?’

기술자분은 어떻게든 고쳐보려고 했지만, 예상대로 새 걸로 교체해야 한다고 했다. 내가 봐도 이 도어락은 더 이상 버티지 못할 것 같았다. 집주인은 1만 원이라도 더 깎으려고 마지막 흥정을 시작했다. 나도 거들었다. 결국 기술자는 1만 원을 깎아줬고, 오가는 흥정 속에 문이 열린 우리 집은 '구경하는 집'처럼 빌라 이웃들에게 개방되었다. 오가는 사람마다 본능적으로 내 집 안을 기웃거렸고, 1년 넘게 지켜온 나의 사생활이 무너지고 있었다. 그래도 이 저녁에 집주인이 직접 와서 문제를 해결해주는 게 고마웠다. 나 몰라라 할 수도 있는 일인데.

"돈 몇 푼 아끼자고 아가씨를 위험하게 하면 안 되잖아. 사람이 제일 중요한데. 연락 잘 했어."

기술자가 새 도어락을 가지러 간 사이에 집주인이 말했다.

'아, 역시 수리비는 집주인이 다 내겠다는 거구나. 아까는 집주인과 나만의 작은 쇼였군.' 안심이 됐다.

기술자는 교체를 시작했다. 크기와 규격이 다른 제품이어서, 구멍을 다시 뚫고 연결해야 하는 꽤 시간이 걸리는 작업이었다. 나와 집주인은 옆에서 교체를 지켜봤다. 집주인이 뜻밖의 이야기를 시작했다.

"이 윗집은 도둑이 들었잖아. 문단속 잘 하고 다녀야 해."

"네? 윗집이요?"

나는 실수로 도어락을 제대로 잠그지 않고 출근했던 적도 두어 번 있는데 그때마다 마음을 졸이며 집에 돌아왔지만 아무 일도 일어나지 않았다. 문 앞에 그냥 놓아달라 했던 택배들도 분실한 적 한 번 없어서 동네 치안에 대한 믿음을 가지고 있었다. 정말 평화롭고 좋은 곳이라고 생각했다. 그런데, 도둑이요?

"윗집 문을 드릴로 뚫어서 문을 열려고 했더라고. 낮에 사람 없을 때 문 두드려보고 없는 것 같으면 그러나 봐. 조심해야 돼."

'네? 제가 없는 낮에 드릴로 문을 뚫는 정도면 제가 어떻게 할 수 있는 문제가 아니지 않나요?'

"문을 뚫긴 했는데, 결국 문을 못 열긴 했어."

'네? 그렇게 대범한데 무능력하기까지 한 도둑이 이 동네에 있다고요?'

"여긴 CCTV도 없고…."

'네? 빌라에 붙어 있는 CCTV 경고 스티커는 다 뻥이었어요?'

지금 설치하는 도어락 비용보다, 오픈 하우스가 된 내 집보다, 이 빌라 자체가 불안해졌다. 겁에 질린 내가 계약 기간이 얼마나 남았는지 헤아려보는데, 집주인이 그래도 살기는 괜찮지 않냐며 오래오래 살라고 했다.

'네…. 살기 좋다고 생각했어요. 방금 전까지만 해도요.'

설치하던 기술자가 한마디 거들었다.

"아가씨가 여기 10년을 살아도 이거 고장 안 나."

집주인이 말을 보탰다.

"아니, 언니가 결혼도 안 하고 왜 여기 평생 살아? 그게 무슨 악담이야. 그래도 몇 년은 더 살아도 돼."

두 분은 앞서거니 뒤서거니 여긴 좋은 곳이니 혼자 오래 살다가 빨리 시집가라는, 절대 동시에 실천할 수 없는 조언을 건넸다. 좋은 소식(다년간의 경험으로 파악했는데, 오직 결혼할 남자가 있다는 소식만이 좋은 소식이다)이 있냐는 질문에 '없다'고 대답하자 이야기는 다른 방향으로 흘러갔다.

기술자분은 이 도어락 하나 갈아도 인건비도 안 나온다고, 너무 많이 깎아줬다는 이야기를 시작했다. 도어락 단가가 얼마나 내려갔는지, 인터넷 쇼핑 최저가와 차이도 없다는 걸 아는지, 여기에 인건비는 더하지도 않은 거라는 긴 하소연을 늘어놓았다. 자, 이번엔 집주인의 이야기를 들어볼까. 집주인은 건물 하나 가지고 있다고 세입자에게 문자 하나, 전화 하나 올 때마다 가슴이 얼마나 내려앉는 줄 아는지, 특히 비 온 다음 날에 전화가 울리면 얼마나 가슴이 떨리는지, 관리비는 얼마 받지도 않는데 온통 돈 나갈 데뿐이라고 불평했다. 돈을 벌러 온 분과 내 전 재산을 포함한 건물을 가지고 있는 분이 서로 돈이 없어 힘들다는 이야기를 나누고 있었다.

그럼, 제 이야기를 시작해볼까요? 드랍 더 비트. 마이크를 빼앗고 세입자랩을 구사하며 이 배틀을 평정해야 할 차례였지만, 나는 그냥 애매하게 웃고 말았다. 우리 집 현관 앞 '쇼미더머니'는 수리와 함께 끝났다. 우리 모두 헤어질 시간이 왔다. 집주인은 나에게 다가와 그래서 돈은 언제 줄 거냐고 물었다. 너무나 자연스러운 질문에 당황해 아무 말도 못 하고 있는데, 그러면 다음 관리비 낼 때 합쳐서 입금하라는 말을 남기고 홀연히 사라졌다. 다행히 절반씩 내자는 이야기를 덧붙였지만, 나는 아무 말도 못 한 게 마음에 걸렸다. 설마 앞선 모든 대화가 내가 도어락 수리비를 내야 한다는 자연스러운 귀결을 맺기 위한 큰 그림이었나. '내일이라도 전화해서 못 내겠다고 할까?' '그래도 절반이니까 그냥 낼까?' '그 돈이면 여름 내내 체리를 마음껏 먹을 텐데.' 이런저런 생각을 하는 사이 관리비 입금일이 다가오고 있다.

댁에 에어컨은 안녕하세요?

회사 동료가 7월을 끝으로 회사를 그만둔다고 했다. 섭섭하긴 하지만 퇴사는 새로운 시작이기도 하니까, 응원하는 마음이다. 하지만 단 한 가지만은 당부하고 싶었다.

"여름에 회사를 그만둬선 안 돼."

내가 처음 회사를 그만둔 것도 7월의 여름이었다. 상사와 동료들이 조금만 더 생각해보라고, 곧 있으면 연말 보너스를 받을 수 있다고 만류했지만, 아무도 여름에는 회사가 제일 시원하니까 그만두면 안 된다고는 말해주지 않았다. 퇴사 후 8월 한 달 동안 폭염을 피해 스타벅스로 출근하면서 생각했다.

'아, 여름까지는 다닐걸.'

이태원 집에는 에어컨이 있었다. 삼성전자에서 사료로 간직하고 싶다고 연락해오진 않을까 기대를 품게 되는 오래되고 오래된 기종이었지만. 집주인 할머니는 그 에어컨을 5만 원에 사야 한다고 집을 보러 간 날부터 나에게 말했다. 아무리 집을 처음 구해보는 나지만, 이 정도 에어컨을 전 거주인도 아니고, 집주인에게 돈을 내야 하는 게 석연치 않았다. 집을 구할 때는 겨울이어서, “여름이 올 때쯤 생각해볼게요” 하고 넘겼다. 서울의 여름을 오래된 주택에서 살아본 적 없는 자의 오만이었다. 돌이켜 생각하면, 그때 5만 원을 상납하고 에어컨을 샀어야 했다.

여름에 접어들며 아니, 여름이 시작하기도 전부터 아무렇게나 지어 베란다까지 확장해버린 집이 달아오르기 시작했다. 주인 할머니에게 에어컨을 사겠다고 말했더니, 에어컨을 30만 원에 팔기로 했다며, 나한테 30만 원에 사갈 게 아니면 떼어가겠다고 협박을 하기 시작했다. 5만 원이 30만 원으로 뛰어오르는 기적. 그래도 반년을 오가며 얼굴 본 사이인데, 짜증이 밀려왔다. 버리는 값이 더 들 것 같은 저 에어컨을 누가 30만 원에 사간다고. 값을 더 받겠다는 꿍꿍이에 화가 났지만, 혹독한 서울의 더위 앞에서 나는 비굴한 웃음을 띠며 10만 원에 흥정했다. 결국 에어컨을 밤낮으로 틀며 여름을 날 수 있었다.

다음 해에는 에어컨 청소를 불렀다. 사설 업체를 불렀는데, 공구박스와 청소 용품 몇 가지를 넣은 바구니 하나 덜렁 든 아저씨가 집을 방문했다. 반나절을 끙끙대다 돌아가고 나서, 에어컨에서 물이 새기 시작했다. 삼성 에어컨 A/S 기사를 불렀다. 아무래도 에어컨 청소 업체가 잘못한 것 같다고 했다. 청소 업체에 전화했지만 개인 사업자들을 연결만 시켜주지, 책임은 질 수 없다고 했다. 청소했던 아저씨와 통화했다. 그런 오래된 에어컨은 처음 봤다며 그냥 하나 사라고 했다. 이 모든 일들이 봄이나 가을에만 일어났어도, 차분하게 해결할 수 있었을 텐데, 한여름을 맞은 나는 그냥 에어컨이 아니라 집을 버리고 싶어졌다. 1년 만에 고장 난 에어컨을 10만 원에 판 집주인 할머니에게 이야기했다. 그랬더니 자기가 동네 기술자를 불러주겠다고 했다. 그 기술자는 나도 부르려면 당장 부를 수 있었던 옆집 재활용 센터 아저씨였다. 어쨌든 세 번째 기술자의 방문으로 이 모든 소동이 해결되길 바랐다.

아저씨는 에어컨 배관을 갈겠다고 나섰는데, 자기 가게에서 같이 일한다는 아들과 함께 왔다. 아들은 갓 스무 살이나 넘었을까. 아버지가 일을 하고 있으면 휴대폰으로 카톡을 보냈다. 주택 밖에 사다리를 설치하고, 에어컨 실외기를 연결하고, 그 사다리에 누가 올라갈 것인지 아버지와 아들이 다투기 시작했다. 서로 자기가 올라가겠다고 하다가 결국 아버지가 이겼다. 나는 2층 창문에 서서 안절부절못하며 아저씨가 사다리를 올라오는 모습을 지켜봤다. 아무런 안전장치 없이 기다란 사다리를 타는데, 휴대폰만 들여다보던 아들이 아버지에게서 눈을 떼지 못했다. 주인 할아버지는 사다리를 잡고 있는 어린 아들 옆에서 "작년에 에어컨 설치한다고 박씨 떨어져서 죽었잖아. 조심해!"라고 소리를 질렀다. 아들의 눈빛에 화가 서렸다. 나도 마찬가지였다. 드디어 창문까지 다다른 아저씨가 나에게 작게 속삭였다.

"에어컨 설치하다 많이 죽어요. 저는 우리 아들 절대 사다리 못 타게 해요."

이제 나는 울고 싶은 심정이 되었다. 내 에어컨 하나 고치겠다고 사람을 죽이려고 한 건 아닌데, 그만하고 돌아가시라고, 저는 그냥 이 여름에 이곳을 떠나겠다고 울부짖고 싶었다. 결국 아저씨가 목숨을 걸고 배관을 교체한 건 아무 의미가 없었고, 에어컨 수평을 맞추기 위해 못을 하나 박으니 더 이상 물이 새지 않았다. 수리비는 본인이 기술자를 불러주겠다고 한 집주인 할머니께 받으시면 될 것 같다고 했다. 한 시간이나 지났을까. 다시 현관문을 두드리는 소리에 문을 열었더니, 아저씨였다. 할머니가 아가씨한테 돈을 받으라고 했다며 눈도 못 마주치며 어렵게 말을 꺼냈다. 세상에, 이 날씨에 목숨을 걸면서 에어컨을 고친 사람한테 돈도 안 주다니. 지갑에 있는 현금을 모두 꺼내 드리고, 부족한 돈은 내일 가게로 가져다 드리겠다고 했다. 결국 난 에어컨 역사의 산증인 같이 오래되고 오래된 에어컨을 구입하고, 청소하고, 수리하는 데 몇십만 원의 돈을 썼다.

새로 이사 온 집의 에어컨은 어땠냐고? 행운의 에어컨 여신은 내 편이 아니어서, 이번 집엔 에어컨이 아예 없었다. 에어컨은 미리 달아야 한다는 교훈을 뼈에 새긴 나는, 일찌감치 부동산을 통해 '에어컨 박사'라는 분께 에어컨 구매와 설치를 의뢰했다. 에어컨 박사님은 4월에 접수한 나의 요청을 '좋은 에어컨'이 나타나면 연락을 주겠다며 3주를 미뤘고, 날짜를 잡고도 두 번을 더 미뤄 결국 여름이 시작되기 직전에야 에어컨을 설치해주었다. 지난한 과정이었지만, 그래도 베란다가 있는 빌라여서 목숨을 걸고 설치할 만큼 험난한 일은 아니어서 다행이었다.

에어컨 바람은 시원하게 잘 나온다. 저녁에 집에 오자마자 틀고, 아침에 샤워하기 전에도 튼다. 호우주의보와 폭염주의보가 동시에 발령되는 서울의 여름에 맞서는 나의 유일한 무기다. 언젠가부터, 사람들의 안부를 이렇게 묻고 있다.

"댁에 에어컨은 안녕하세요?"

세상에, 가스가 끊겼어

생활인이 내야 할 3대 요금은 가스 요금, 전기 요금, 수도 요금이다. 이 중 수도 요금에 대해 알아보자. 첫 번째 집에 살 때의 이야기다. 집주인 할머니가 수도 요금은 다세대 주택의 모든 세대가 함께 내야 하고, 세대별로 요금을 나누기가 어렵다는 등의 설명을 하더니 한 달에 1만 원씩, 두 달마다 걷으니 2만 원을 내라고 했다(다세대 주택은 전기, 가스와는 달리 수도 계량기가 한 대뿐인 경우가 대부분이라 요금을 인원수로 나눠서 정산한다). '수도 요금을 세대수로 1/n 했는데, 어떻게 요금이 귀신같이 1만 원으로 떨어지지?' 하는 생각도 들었지만, 마침 지갑에 현금이 있기에 꺼내 드렸다. 얼떨결에 수도 요금을 납부하고 나서 동네 친구에게 수도 요금에 대해 물어봤다. 친구도 다세대 주택에 살고 있었는데 요금을 세대 인원수로 나눠서 십원 단위까지 문자로 전달받고, 입금을 한다고 했다. 내가 쓰는 한 달 수도 요금이 어느 정도일까? 한 번도 수도 요금을 내보지 않아서 짐작이 되지 않았지만 친구가 내는 금액을 들으니 1만 원은 안 될 것 같았다. 어쨌든 청구서 금액을 정확히 물어보라는 친구의 말에 다음 날 아침에 만난 집주인 할머니에게 금액을 물었다. 순간 할머니의 얼굴색이 당황과 당혹 그 사이 어디쯤으로 변했다. 불태웠다, 없다는 게 할머니의 대답이었다.

불을 태운다라. 수도 요금이 덜 나오길 바라는 샤머니즘의 일종인가. "네, 그럼 다음 청구서는 보여주세요"라고 말하고 출근했다. 그랬더니 그날 저녁, 그리고 그다음 날 저녁, 그리고 또 다음 날 아침, 마주칠 때마다 할머닌 '네가 날 못 믿을 줄 몰랐다, 서운하다'라고 거듭해서 말했다. 요금이 절대 1만 원이 안 되겠다는 확신과 함께 영원히 청구서를 보지 못하리란 예감이 들었다. 역시나 처음 수도 요금을 낸 날부터, 이사를 가는 날까지 나는 청구서를 보지 못했다. 청구서는 번번이 신성한 의식과 함께 불타버렸을 것이고, 나는 두 달에 한 번씩 2만 원을 냈다.

가스 요금과 전기 요금은 내가 쓴 만큼 알아서 내면 되는 요금이다. 여기서 문제점은 내가 굳이 지로용지를 은행에 들고 가서 내는 인간이라는 데 있다. 자동 이체라는 문명의 이기란 얼마나 편리한가. 그걸 알고 있음에도 내 통장이 고작 2년짜리 전셋집과 얽히는 게 싫어서 망설여진다. 이사 가기 전에 자동 이체를 끊으면 되는데, 신청하고 끊는 두 번의 번거로움이 싫어서 한 달에 두 번씩 가스 요금과 전기 요금을 지로로 내는 마흔여덟 번의 번거로움을 택하다니. 나도 내가 왜 이러는지 알다가도 모르겠다.

그 번거로움으로 인해 가스 요금과 전기 요금을 자주 밀렸다. 한번은 가스 요금을 두 달 연속 내지 못했다. 지로가 제대로 배달되지 않아 한 번, 냉장고에 자석으로 붙여놓고도 깜빡해서 두 번 요금을 연체했다. 생활 요금을 연체했다는 사실을 알게 될 때마다 내가 이 작은 가정도 돌보지 못하는 무능력한 사람이 된 것 같아 울적해진다. 당연히 내야 하는 몇백 원의 연체료도 아까웠다. 연체 사실을 알게 된 주말, 점심을 먹으려고 가스레인지에 물을 올렸다. 맙소사, 가스불이 켜지지 않았다. 두 달 요금을 안 냈다고 가스를 끊다니, 아무 경고도 없이! 친구에게 이 비상 상황을 알렸다. 친구는 두 달 연체됐다고 가스를 끊지는 않을 거라고 했다. 정말? 그런데 지금 가스불이 안 들어오는데? 결국 나는 지로 납부를 포기하고, 연체 요금을 계좌 이체로 지불했다. '이렇게 빨리 할 수 있는데 매번 미루다니. 전산 처리가 되려면 주말이 지나야겠지? 가스불은 월요일에 들어올까?' 하는 생각을 하면서.

그날 저녁, 혹시나 해서 다시 시도해본 가스불이 힘겹게 켜졌고, 점심의 상황은 뭐였을지 어리둥절해졌다. 이제는 제발 자동 이체를 이용하라는 '문명의 신'의 경고였을까. 그 후로 지금까지, 나는 여전히 자동 이체를 이용하지 않고, 매달 요금을 체크해가며 계좌 이체를 하고 있다. 달라진 점이 있다면, 이제는 구글 캘린더에 납부일을 적어놓는다는 것. 굳이 이 방식에 대해 합리화를 하자면, 매달 전기, 수도, 가스 요금을 얼마 내는지 확인할 수 있다는 점이다. 하지만 역시, 당신에게는 자동 이체를 권한다.

내가 만든 진짜 '여성 안심 귀갓길'

연신내 집을 처음 보러 간 시간은 평일 저녁이었다. 지하철역에서 집까지 가는 길이 어두컴컴하다는 걸 깨닫기에 충분한 시간이었다. 그러나 길이 어둡다고 생각하면서도 집을 구하는 나의 여정이 더 어두워 보였기 때문에 크게 신경을 쓰지 못했다. 이사하고 난 후, 그 길에 빛이라고는 해방 직후 설치한 것 같은 흐릿한 주황빛의 가로등 두세 개 뿐이라는 것을 인지했다. 그렇게 어두운 밤길을 일정량의 두려움을 안고 오가는데, 바닥에 쓰여 있는 글을 보고 갑자기 화가 났다. '여성 안심 귀갓길.' 집에 가는 길, 닿는 발길마다 큼지막하게 쓰여 있었다. 아, 이 모든 것은 마음의 문제란 말인가? 별다른 조처도 없이 '여성 안심 귀갓길'이라고 써놓으면 안심이 되나? 원효대사의 해골물이 따로 없었다. 서울시에서 말하는 '여성 안심 귀갓길'이란 무엇일까? 서울시 다산콜센터 블로그에 따르면 '여성 안심 귀갓길'은 버스정류장이나 역에서 주거지까지 방범 시설물 설치 등 주변 환경 개선을 통해 안전을 확보해주는 길이다.

설명을 더 자세히 읽어보면 전봇대에 SOS벨, 위치 번호 등 여러 방범 시설물이 설치되어 있다는데 어두컴컴한 길을 불안에 떨며 걸으면서, 비상시에는 전봇대를 향해 달려가라는 뜻인 것 같다. 물론 위험 상황에 전봇대 위치와 SOS벨 위치를 정확히 파악할 수 있는 초인적인 능력이 있다면 말이다. 말이나 말지, 매일 여성, 안심, 귀갓길이라는 글자를 밟으며 안심하지 못하는 귀갓길이 계속되고 있었다.

그러던 어느 날 동네 친구를 만났다. 친구가 여행을 다녀온 이야기를 하다가 지리산 근처 어느 마을 풍광이 너무나 아름다웠는데, 폐교 하나가 그대로 방치되어 있는 게 안타까워서 해당 지역 교육청에 민원을 넣었다고 했다. 세상에, 자기 동네도 아니고, 여행 간 동네가 아름다워서 민원을 넣는 사람이 있다니. 그게 내 친구라니. 놀라운 마음을 애써 감추고 있는데, 해당 교육

청의 처리도 놀라웠다. 별도로 여러 번 연락을 하면서, 해당 폐교의 활용 방안에 대해서 자세히 설명을 해주었다는 게 아닌가. 친구는 아는 사람 한 명 없는 지리산 마을을 위해서 민원을 넣는데, 난 매일 오가는 길에서 스트레스를 받으며 아무것도 하지 않았다니. 이 깨달음은 나를 난생 처음 구청 홈페이지의 민원 게시판을 찾게 했다.

민원 게시판에 글을 쓰려면, 우선 본인 인증을 해야 한다. 휴대폰 번호로 인증을 하고, 개인 정보를 입력해야 글을 쓸 수 있다. 번거롭지만 의견을 개진하려면 이 정도는 해야지 하면서 '여성 안심 귀갓길'이지만 전혀 안심할 수 없는 길 사정에 대해 민원 글을 작성했다. 글을 올리면 게시판에 미접수, 처리 중, 처리 완료로 진행 상황이 표시된다. 대부분 비밀글로 작성하지만, 공개된 민원을 읽어보면, 정말 다양한 애로사항이 있다는 걸 알게 된다. 처리 중에서 처리 완료로 바뀌는 데 적어도 사나흘은 걸리는 것 같아서 그후에 다시 사이트를 방문해보았다. 여전히 내 글은 '처리 중'이었다.

'역시 가로등을 바꾸는 번거로운 작업은 대충 넘기려는 거겠지?'

불신을 가득 안고 1주일을 더 기다렸다. 다시 방문한 게시판

에는 드디어 '처리 완료' 표시가 되어 있었다. 답변을 보려면 다시 본인 인증을 해야 한다. 휴대폰 번호로 다시 인증하고 확인한 글에는 허무한 답변이 달려 있었다. 내가 말하는 길의 위치가 어딘지 몰라서 개별 연락을 하려고 했는데, 연락처가 없다는 내용이었다. 1주일이나 걸려서 받은 답변이 이거라니, 허탈했다. 무엇보다 개인 연락처로 이메일 주소를 남겼는데, 메일로는 아무 연락도 없었기에 더더욱 맥빠졌다.

네이버 지도와 그림판을 열어 지도를 캡처하고, 그림판에서 빨간 선으로 구불구불 길을 그려나갔다. 다시 인증하고, 지도를 첨부하고, 민원글을 작성했다. 친구들은 구청에 민원을 넣어서 가로등을 설치하겠다는 나의 야심 찬 계획의 실현 가능성에 부정적이었다. '아마 안 된다고 할 거야, 그럼 온 동네에 다 설치해줘야 되잖아', '공무원들이 그런 일을 해줄 리 없어' 등등…. 1주일 후에 다시 구청 홈페이지를 확인했다. 내 글 옆에 '처리 완료' 표시가 있었다. 답변은 '실제로 가서 확인해보니, 길이 어두웠다. 곧 가로등을 설치하겠다'는 내용이었다. 만세! 가로등을 설치해준다잖아! 하지만 아직 친구들에게 자랑을 하긴 일렀다. 그 글에는 결정적으로 언제 설치하겠다는 내용이 없었다. '처리 완료'가 되기까지 2주일이 걸렸는데, 가로등이 언제 설치될지 모르는 일이었다.

그런데 '처리 완료' 답변을 받은 지 이틀이나 지났을까. 퇴근 후 집에 돌아오는 길에 LED 가로등이 양옆으로 환하게 나를 비추고 있었다. 세상에, 요즘 설치되는 LED 가로등이 얼마나 밝은지 아시는지. 길 양옆에서 비추면, 지나가는 사람의 모공 속까지도 볼 수 있을 것 같았다. 영화 〈라라랜드〉의 주인공처럼 노란색 원피스를 입고 집으로 가는 길 내내 탭 댄스를 추고 싶은 기분이었다. 친구들은 나의 성공담(?)을 놀라워하며 들어주었다. '여러분 주변 환경은 여러분의 적극적인 참여로 바꿀 수 있습니다!' '사회를 바꾸는 건 개개인입니다!' 친구들에게만 자랑해서 다행이지, 하마터면 길 가는 동네 사람들 한 명 한 명을 붙잡고 내가 가로등을 설치했다고 외칠 뻔했다.

지금도 LED 가로등은 반짝반짝 빛난다. 이제 '진짜 여성 안심 귀갓길'이 된 그 길을 지날 때마다 또다시 묻고 싶어지는 것이다.

"혹시, 저 가로등 누가 설치했는지 아세요?"

내 패딩이 없어졌어

1박 2일 짧은 여행을 마치고 집에 돌아왔다. 코트를 입고 여행을 떠났는데, 돌아오는 길은 패딩을 입어야 할 날씨가 되었다. 겨울에서 봄으로 가느라 변덕스러워진 날씨 한가운데 있었다. 코트를 벗어 행거에 걸려고 하는데, 뭔가 이상했다. 나에겐 겨울 패딩이 세 개가 있는데, 검은색, 카키색, 파란색 패딩 중 카키색 패딩이 보이지 않았다. 순간 가슴이 철렁 내려앉았다. 누군가 이 집에 다녀간 게 틀림없어! 패딩에 손을 댄 거야! 정신없이 휴대폰을 찾아 동생에게 영상 통화를 걸었다. 이 사실을 누군가에게 빠르게 알려야 할 것 같았고, 동생 얼굴을 보면 진정될 것 같았다. 동생은 전화를 받지 않았다. 다시 한 번 옷장을 살폈다. 카키색 패딩은 검은색 패딩과 파란색 패딩 사이에 가려져서 보이지 않았던 거였다. 발끝까지 떨어진 심장이 다시 올라왔다. 이제 메시지를 확인했는지 동생에게서 전화가 걸려왔다.

“아니야, 괜찮아. 갑자기 패딩이 안 보여서 너무 놀라서 그랬어. 누가 들어온 줄 알고. 어, 그래. 너무 놀라서.”

도대체 어떤 도둑이 기껏 집에 들어와서 낡은 패딩, 그것도 세 개 중 하나만 가지고 사라진단 말인가. 패딩이 없어지면 ‘집에 있겠지. 패딩이 발이 달렸나. 그게 어디 가’라고 생각해야 자연스럽겠지만, 나는 패딩이 눈에 띄지 않으면 ‘침입자다! 누군가 들어온 거야!’라고 생각하게 됐다. 내가 CSI 전 시리즈를 다 봐서는 아니고(마이애미 편을 가장 좋아한다), 원래 심약하고 겁이 많은데 혼자 살게 되면서 그 어떤 뉴스도 흘려듣지 않게 되었기 때문이다. 혼자 사는 여자의 집 현관문 비밀번호를 알아내서 여자가 집을 비운 사이에 들어와 짜장면을 시켜 먹다가 체포된 남자의 뉴스를 본 이후로는 집을 비울 때 누군가가 들어올 수도 있다는 생각을 하게 됐다. 비밀번호 누르는 걸 소형 몰래카메라로 녹화해서 알아낸다는 뉴스를 보고 나서는 아무도 없는 복도에서도 비밀번호를 누를 때도 괜히 키패드를 가리게 됐다. 그런 종류의 뉴스는 잊히지 않고, 최악의 경우를 상상하게 한다.

이태원 집을 구할 때, 2층집 한쪽 창에 방범창이 없는 것이 마음에 걸렸다. 집주인에게 방범창을 달아줄 수 없겠냐고 물었고, 집주인은 당연히 거절했다. 골목 어귀에 CCTV가 설치되어 있으니 안심하라고 나를 그 앞에 데려가기까지 했다. 'CCTV라…. CCTV는 주로 CSI에서 피해자가 죽고 난 후 범인을 잡을 때 쓰더라고요. 제가 죽은 후 범인을 밝히는 데 쓰실 예정이신가요. 부디 잡아주시길 바랍니다(제가 얼마나 최악의 상황까지 상상하는지 이제 아시겠죠).' 결국 자비로 몇십만 원을 들여 방범창을 설치했다. 마음 졸이느라 잠도 잘 못 잘, 아쉬운 사람이 돈을 내게 되어 있다. 애초에 방범창이 설치되어 있는 집을 찾으면 되지 않느냐고? 왜 아니겠는가. 여자 혼자 집을 구할 때 고려해야 할 사항들을 나도 모두 알고 있다. 큰길가에 있을 것, 대문에 보안 장치가 되어 있을 것, 층수가 높을 것, 방범창이 있을 것 등등. 이 모든 걸 알아도 누군가는 반지하층에, 옥탑방에, 방범창이 없는 집에, 굽이굽이 골목길에 살게 된다. 이태원 집은 큰길가에 있다는 점에서 합격점이었고, 옛날 대문이긴 하지만 아무나 들어올 수는 없다는 점이 좋았다.

지금 사는 집을 구할 때도 모든 기준을 만족하는 집을 구하고 싶었다. 부동산에 가서 똑 부러지게 조건을 말하는 건 어렵지 않았다. 하지만 집을 보기 시작하면, 어느새 한두 가지 정도는 내가 먼저 포기하게 된다. 연신내 집은 큰길가에 있고, 방범창이 잘 되어 있어 좋지만, 말이 좋아 2층이지 아랫집이 없고 1층이 주차장인 필로티 구조이기 때문에 1.5층에 가깝다. 얼마 전에 뉴스에서 누군가 벽돌을 쌓아놓고 올라가서 여자 혼자 사는 집 안을 훔쳐보다가 체포되었다는 사건을 접하고 지상과 우리 집 창문 간의 높이가 걱정이 됐다. 이 높이라면 충분히 들여다볼 수도 있지만, 불행인지 다행인지 미세먼지 때문에 창문을 여는 일이 드무니까 괜찮을 거라며 애써 걱정을 덜고 있다.

퇴근하는 길, 우리 집 건물이 시야에 들어오면 이어폰으로 듣고 있던 음악을 끈다. 혹시 무슨 일이 생기는데 내가 늦게 대처할까 걱정되기 때문이다. 집 주변에 수상해 보이는 사람이 있으면 일부러 천천히 걸음을 늦춰 그 사람이 지나가면 집에 들어간다. 매번 무슨 엄청난 상상을 해서는 아니고, 어느새 몸에 붙은 조심하는 습관 때문이다. 혼자 사는 날 염려하는 다정한 지인들이 '혼자 사는 여자에게 생긴 일' 괴담을 말해주며 조심하라고 할 때는 웃음이 난다. 제가 알고 있는 더 나쁜 뉴스를 전부 들려드릴까요? 웬만한 공포 영화보다 무서울걸요. 만약 '조심학'이라는 학문이 있다면, 혼자 사는 여자들은 이미 박사 학위를 받았다고요. 그럼 걱정이 되는 걸 어떡하냐고 물으신다면, 그런 뉴스를 볼 때마다 "혼자 사는 여자가 조심해야지"라고 말하지 말고 "나쁜 놈", "이런 개 XX", "갈비뼈 순서를 바꿔놓아도 시원치 않을 놈"이라고 범죄자를 욕하고, 나라에 치안 강화를 요구했으면 좋겠다. 피해자들은 분명히 나만큼 조심했을 테고, 우리가 얼마나 조심하며 사는지와 상관없이 여성 대상 범죄는 지금 이 순간에도 일어나고 있으니 말이다. 범죄의 원인은 절대 피해자에게 있지 않다. 범죄자에게 있다.

여보세요, 결혼하실래요?

퇴근 무렵, 휴대폰으로 전화가 걸려왔다. 번호도 확인하지 않은 채 받았는데, 상대가 대뜸 물었다.

"○○회사 다니는 정현정 씨 맞죠? 대치동 중매 서는 아줌마예요."

번호를 다시 확인하니, 모르는 번호였다.

"누구세요? 제 번호는 어떻게 아셨어요?"

이리저리 유출되어 주민등록번호와 전화번호는 만인의 공공재산인 시대라지만 회사와 결혼 여부, 이름까지 알고 있다는 게 소름 끼쳤다.

"그거야 뭐… 그게 내 일이니까."

여유로운 대답이었다. 그러고는 자신의 말을 이어나갔다.

"사보에도 나왔죠? 이제 좋은 사람만 만나면 되겠네."

사보 기자였기 때문에, 몇 년 전 사보에 사진이 한 번 나간 적 있었다. 내 얼굴까지 사보로 확인한 모양이었다. 점점 무서워졌다.

"아, 그런데 저는 소개 필요 없습니다."

사무실 안에서 최대한 교양 있는 목소리로 응대했다. 그러자 점점 더 알 수 없는 말이 나왔다.

"아니, 왜 그럴까? 왜… 무슨 상처 있어요?"

네? 제가 상식적인 사람이니까 전혀 모르는 사람이 중매를 서준다니 거절하는 것이 아닐까요? 좋은 혼처가 있다, 만나만 봐도 된다, 이 일을 내가 정말 오래 했다는 이야기까지 들어줬는데도 끊을 기미가 보이지 않자 "먼저 끊겠습니다" 하고 전화를 끊었다.

회사에서 부지불식간에 일어난 이 사건을 회사 동료들에게 이야기했는데, 동료가 의외의 지점에서 어리둥절해했다. 굳이 중매를 서겠다면 회사에 20대 미혼 여성들도 많은데, 왜 싫다는 나를 물고 늘어졌냐는 것이다. 이유야 자명하다. 30대 '비혼' 여성이 되면, 국가, 회사, 가족이 결혼을 권유하다 못해 생전 모르는 사람도 전화를 걸어와 인터넷 가입처럼 결혼을 권유한다. 그러니 우리는 우리의 뜻을 확실히 밝혀야 한다. "아, 관심 없어요. 안 사요."

다들 30대 중반이 되었는데 결혼하지 않고, 심지어 '결혼하지 않았다'는 엄청난 사실에 개의치 않고 살아간다는 것을 믿을 수 없어 한다. '사실은 엄청나게 외롭고 쓸쓸하며 짝을 찾고 싶어 안달인데, 의연한 척 살아가는 저 여성을 보라지'라고 놀라워하며 대치동 중매 아줌마처럼 엄청난 상처(도대체 어떤 종류의?)가 있을 거라고 생각하거나, (주제에 맞지 않게) 엄청나게 눈이 높아서 결혼이라는 구원을 받지 못한다고 생각한다. 지금은 혼자가 좋다고 이야기하면 '지금도 늦었는데, 나중에는 더 늦는다'는 말로 겁을 주고 싶어 한다.

가족들은 나의 결혼에 상관하지 않기 때문에 결혼과 관련하여 압박을 받은 적은 별로 없다. 그런데 가끔 어르신들과의 어색한 자리에서는 꼭 곤란한 일이 생긴다. 딱히 서로 할 말이 없기 때문에, 내가 비혼이라는 것은 쉽게 모두의 화젯거리가 된다. 처음은 칭찬으로 시작한다. 회사도 성실히 다니는 이 참한 여성이 아직 비혼인 것을 믿을 수 없다는 이야기인데, 결혼을 하지 않았다는 걸 내 인생의 가장 큰 결점으로 생각하신다면 칭찬으로 넘겨들을 수도 있다. 그후가 문제인데, 어르신들이 좋은 남자를 소개해주자며 핑퐁을 하기 시작한다. "아니, 저는 괜찮은데요"라고 말해봤자, 그들의 자존심 싸움을 부추길 뿐이다. 아는 참한 남자가 없는지 서로 묻고, 심지어는 휴대폰을 열어 친구 목록을 보기 시작하면 한숨이 나온다. 누가 이들을 말려야 한다. 죄송스럽지만 어르신들 친구 목록 속의 남성분들은 이미 자녀가 장성하여 대학을 다니고 있습니다. 제 또래 남자는 제가 더 많이 알지 않을까요? 가까스로 어르신들을 말리고 나면 못 이기는 척 휴대폰을 덮고 묻는다.

"그래, 어떤 남자가 좋은가?"

여러분들은 이 질문의 비밀을 알고 있는가? 어떠한 대답도 받을 준비가 있는 이 주관식 질문은 항상 답변자의 대답을 비난하기 위해 존재한다. '성격을 본다'라고 하면 주변에 좋은 남자 많은데 내가 너무 눈이 높다고 하고, 그래서 '외모를 본다'라고 하면 남자 잘생긴 건 다 쓸데없는데 내가 사람 보는 눈이 없다고 한다. 그 어떤 보기를 선택해도 비난이 이어지는 이 질문에 대한 완벽한 답을 나는 아직 구하지 못했다. 차라리 객관식이라면 눈치껏 손을 들고 찍기라도 할 텐데.

그래도 요즘은 많은 사람들이 결혼이든 출산 계획이든 그게 뭐든 "제가 알아서 할게요"라고 외친 덕분에 어르신들이 "요즘 젊은 사람들은 이런 말 싫어해"라면서 말을 삼간다. 어느 날 지하철역에서 본 유명 결혼정보업체 광고도 '혼자서도 행복한 당신'으로 시작하며 비혼의 불행을 상정하지 않으면서 결혼을 권유한다. 이제《혼자 살기 시작했습니다》까지 쓰고 있으니, 결혼을 할 거냐 안 할 거냐 묻는 소리에 굳이 답하자면, "지금은 이대로 좋습니다. 저의 미래가 당신에게 그렇게 중요한가요?"

지금은 젊어서 괜찮지

얼마 전 국민연금공단에서 보낸 우편물을 받았다. 내가 지금까지 총 몇 회의 국민연금을 납부했고, 앞으로 몇천 번을 더 납부하면 65세가 되어 연금을 받을 수 있다는 안내문이었다. 지금까지 낸 납입 횟수에도 깜짝 놀랐는데, 앞으로 내야 할 횟수를 보고는 정말 아득해졌다. 국가여, 나에게 이럴 수 있습니까.

안내문을 받은 날, 나도 모르게 구글에 '국민연금 안 내는 법'을 검색했다. 검색 결과, 만약 당신이 회사원이라면 애석하게도 그런 방법은 없다. 최근엔 수령 나이를 65세에서 68세로 높이는 정책도 검토하고 있다는 뉴스까지 나온다. 월급 명세서에서 이미 빠져나갔다는 숫자만 확인할 수 있었던 나의 납부액은 모두 어디로 갔을까.

첫 회사 입사 후 얼마 지나지 않아, 회사 선배가 소개해준 재정 설계사를 만나 상담을 받았다. 20대 사회 초년생이었던 나는 회사 근처 카페에 앉아 설명을 들었다. 그분은 자리에 앉자마자 재정 설계를 하려면 인생 설계가 먼저 되어야 한다고 했다. 과연, 옳은 말이었다.

"앞으로 인생에서 목돈이 들어갈 일은 결혼이거든요. 결혼을 몇 년 후에 하실 계획이세요?"

보통 남들은 결혼을 몇 살에 하겠다는 계획을 세우는 건가. 나는 그런 계획은 세워본 적이 없는데. 당황한 나의 눈동자가 흔들리자, 노련한 재정 설계사님은 "독립으로 계획을 세우시는 분들도 계세요"라고 내가 빠져나갈 구멍을 마련해주었다. 물론 독립도 계획을 전혀 세운 적 없었지만, 결혼 이외에 다른 목표를 세울 수 있다는 점에서 안심이 됐다. 그분은 내 작고 귀여운 월급을 쪼개서 넣을 수 있는 적금, 저축, 펀드, 보험 등 다양한 인생의 안전망을 설계해나가기 시작했다. 당장 5년 뒤도 까마득하게 느껴졌던 내게 대부분의 투자는 기약 없이 멀게만 느껴졌다. 인생 계획이 없었던 나에게 재정 계획을 세우는 일은 몇 배로 어려웠다. 지금도 나의 재정 계획이 부실한 건 다 인생 계획이 제대로 안 서 있는 탓인 것 같다. 하루 단위, 1주일 단위의 계획을 세우고 살아가면서도 설계사가 말하는 '결혼하여 내 집을 마련하고 아이들 교육비를 고민하는 인생'이 아닌 '혼자 사는 삶'의 타임라인은 구체적으로 어떻게 세워야 할지 잘 모르겠다.

"혼자 살고 있고, 잘 지내요"라고 말하면 "지금은 젊어서 괜찮지"라는 말이 돌아올 때가 있다. 마음에 여유가 있는 날은 "나중 일은 나중에 생각하죠, 뭐" 하고 웃으며 넘기지만, 마음에 여유가 없는 날은 '늙어서 두고 보자는 거야, 뭐야' 배배 꼬인 생각이 든다. 30대 여성이 혼자 살다 보면 노년에 어떻게 될까? 그냥 누구나 그러하듯이 혼자 사는 평범한 할머니가 된다. 미래는 언제나 예측불가지만, 혼자 사는 여성의 미래는 대체로 어둡게 그려진다. 기업의 구조조정 시, 비혼 여성은 '책임져야 할 가정이 없다'는 어이없는 이유로 제1순위로 정리되고, 형제자매 사이에서 역시 '보살펴야 할 가정이 없다'는 이유로 늙은 부모를 돌보는 책임자가 된다. 직장에서 받는 연봉조차 애초에 남성보다 적게 받는데, 40대, 50대로 갈수록 그 격차는 더 커진다.

국민연금 수령 여부는 미지수고, 복지 혜택을 받을 날도 요원

해 보이는데, 지금은 젊으니까 괜찮을 뿐이라고 속삭이는 어둠의 목소리까지 듣는다. 이때, 유일하게 희망을 주는 건 혼자서도 씩씩하고 행복하게 살아가는 여성들이다. 흠모하는 주변 여성들, 호감을 가지고 온라인에서 지켜보는 여성들은 이 모든 불안을 안고 있음에도 자신을 돌보고, 타인을 돕고, 멋지게 요리를 하고, 맡은 일을 책임감 있게 해내고, 새로운 곳으로 모험을 떠나고, 유머를 잃지 않는다. 자주 여행을 함께 떠나는 가까운 친구와 언젠가 '생활 동반자법'이 통과되면 한 집에 살거나 가까운 곳에 살며 노년을 함께 보낼 수 있지 않을까 하는 이야기를 나눈다. 우리의 혼자 살기가 계속된다면 불안을 웃음으로 함께 나눌 수 있는 친구들이 새로운 삶의 동반자가 되지 않을까. 버지니아 울프는 "미래는 어둡고, 나는 그것이 미래로서는 최선의 모습이라고 생각한다"고 말했다. 그러니 우리는 앞으로 나아갈 수밖에.

혼자서도 잘해요

혼자 살기력+1 상승되었습니다

어느 날 아침, 눈 뜨자마자 화장실에 갔는데 변기 물이 내려가지 않았다. 레버를 누르는데, 힘없이 레버가 올라갔다 내려가며 변화가 없었다. 무언가 잘못됐다. 우선 급하니까 출근을 했다. 화장실 레버를 고쳐달라고 집주인에게 말하는 상황을 시뮬레이션하는 것만으로도 스트레스가 몰려왔다. 분명히 고쳐주겠다고 말하고 며칠을 기다리게 한 후에, 고친다는 이유로 내 집을 몇 번이나 왔다 갔다 하면서 참견하다가, 결국 고치지도 못하고 전문가를 불러 나에게 돈을 지불하게 할 것이다. 지갑을 열어 돈을 내는 장면까지 생생하게 머릿속으로 재생하면서 다른 방법을 모색하기 시작했다.

나와 비슷한 상황에 처했던 이들의 사연을 인터넷에 검색해보니, 대부분 '이런 것까지 집주인한테 고쳐달라고 하면 진상이다'라는 의견이었다. 다행이다. 나는 절대 집주인에게 맞설 용기가 부족한 것이 아니라, 사회의 일반적인 통념에 따라 내가 해결하는 것이라고 중얼거릴 수 있어서. 동네 철물점 아저씨가 고쳐줬다는 사람, 가족 중 누군가가 고친다고 나섰다가 일이 더 커졌다는 사람 등등 여러 사연을 읽다가 혼자 고쳤다는 사람들의 사연을 읽기 시작했다. 블로거들은 얼마나 친절한지, 세부 사진까지 찍어 고치는 방법을 상세히 기록해뒀다. 몇 가지 글을 정독한 결과, 물이 안 내려가는 데는 다양한 요인이 있으니, 우선은 변기 뚜껑을 열고 안의 상황을 봐야 한다는 걸 알게 되었다.

변기 뚜껑을 열고 안을 살핀다라. 변기는 레버를 누르면 신호를 감지하고 나타난 화장실의 요정이 물을 내리는 게 아니었나. 우선 집에 와서 뚜껑을 열어 안을 살폈다. 처음으로 안을 살펴보니, 변기 물이 내려가는 구조가 눈에 들어왔다. 레버를 누르면 요정이 나오는 대신에 레버와 연결된 줄이 팽팽해지면서 물이 내려갔다. 다행히 우리 집 변기는 레버에 연결된 줄이 오래되어서 끊어진, 수리하기 가장 쉬운 문제였다.

동네 잡화점에 가서 새 레버와 줄을 3천 원에 사 왔다. 오래된 레버와 줄을 간단하게 교체하니, 다시 물이 내려갔다. 화장실 변기의 원리를 30년 만에 깨치고, 내 손으로 수리하다니, 감격이 밀려왔다. 이 감격을 혼자만 간직할 수가 없어서, 주변에 널리 이야기했다.

"어머 세상에, 제가 변기를 다 고쳤지 뭡니까? 안에 레버 줄만 교체하면 되는 거더라고요?"

우주선이라도 쏘아 올린 것처럼 의기양양해서 이야기했는데, 대부분의 반응은 내가 기대한 것이 아니었다.

"그래서 집에 남자가 있어야 되는데…."

네? 제가 고쳤는데도요? 처절한 실패 끝에 변기를 해체한 게 아니라 완전히 고쳤는데요? 다들 조금 안쓰러운 눈빛으로 그래서 집에 남자가 있어야 한다, 집에 없으면 가까운 데라도 부를 남자가 있어야 한다는 말을 건네 기술자 꿈나무를 실망시켰다. 어떻게 하는지 방법만 알면 타인의 도움이 필요 없을 정도로 간단한 일을 그동안 '사람 불러야 돼', '남자 불러야 돼'라고 생각해서 알려고 시도조차 하지 않았을 뿐인데.

하지만 역시 세상에는, 특히 무언가에 눈을 뜬 꿈나무에게는

동지가 있는 법이다. 혼자 살기의 기본 기술로 '고치기 기술'에 대한 생각을 나눈 사람들이 훌륭한 책과 워크숍을 기획했다. 장소가 완주군이라 쉽게 갈 수 있는 거리는 아니지만, 완주숙녀회에서 〈여성을 위한 생활기술 워크숍〉을 열었고, 프로젝트 작업물을 《안 부르고 혼자 고침》이라는 책으로 엮었다. 화장실 변기를 고친 대단한 자신감과 훌륭한 교재를 옆에 두고 앞으로도 생활기술을 하나하나 늘려가볼 생각이다. 그러려면 아무래도 먼저 공구함을 사야겠지?

100%의 동네 카페를 만나는 일에 관하여

집 꾸미기 블로그의 인테리어 설명을 보다 보면 꼭 나오는 표현이 있다. 카페 같은 거실 혹은 카페 같은 주방. 예쁜 집을 소개하는 포스팅에는 "카페 같은 거실을 꾸미는 게 로망이었어요"라는 말이 심심찮게 나오고, 집들이에 초대받아 거실을 칭찬할 때 나도 모르게 "와, 카페 같다"라고 한다. 누구나 마음 한편에 카페 같은 거실 하나쯤은 가지고 있지만, 카페에 왜 가는가. 집 안에 카페가 없으니까 간다. 나는 오늘도 나의 작은 집을 침착하게 둘러보고, 카페로 나선다.

카페는 나에게 집의 확장이기 때문에 완벽한 동네 카페를 찾아내는 일에 집을 고를 때만큼이나 까다로워진다. 새로운 동네에 와서도 100%의 동네 카페를 찾는 모험을 떠났고, 많은 카페들을 만났다.

카페 A의 첫인상은 나쁘지 않았다. 요즘 유행하는 인테리어는 아니었지만, 깨끗하게 관리되고 있었다. 사람도 많지 않은데다가 커피값이 비싸지 않고, 다양한 먹을거리가 있다는 것이 플러스 요인이었다. 카페에 오래 앉아 있다 보면 커피 이외의 것이 필요하니까. 하지만 조명이 너무 어두웠다. 돈 주고 산(라섹 수술을 했다) 시력을 아이허브에서 주문한 루테인 영양제를 먹으며 관리하고 있는 내가 편안하게 책을 읽거나 노트북을 하기 어려운 조도였다.

카페 B는 사장님이 친절하고 커피가 맛있다고 소문난 곳이었다. 가보니 역시 분위기가 좋았다. 소품 하나하나가 센스 있고, 예쁜 꽃이 있어 좋았다. 문제는 이 가게의 인기 요인에 있었는데, 사장님이 지나치게 친절했다. 친절과 친밀의 경계에서 후자에 더 다가서려는 사장님의 노력이 나와 맞지 않았다. 나는 내가 있는지 없는지 알고는 있지만, 신경은 쓰지 않는 그런 친절을 원했다. 그러니까 두 번째 방문했을 때 "지난번 그 친구분이랑 안 오셨네요?"라고까지는 하지 않는 것. 그렇게 카페 B는 사장님이 너무나 친절하고 좋은 사람이라는 이유로 제외됐다.

카페 C는 찾아가기 어려운 곳에 위치해 있어, '도대체 누가 무슨 생각으로 여기에 카페를 내지?' 싶었던 곳이다. 인스타그램에서 '#동네카페' 해시태그로 찾다가 발견한 곳이었는데, 인테리어가 예쁘고 디저트가 맛있어 보였다. 맛난 디저트를 먹으면서 책을 읽어볼까 싶어서 찾아갔다. 그런데 아뿔싸, 인스타그램은 나만 보는 게 아니었다. 인스타 스타였던 카페는 줄을 서야만 들어갈 수 있었다. 머리도 안 감고 후리스를 걸친 채 책 한 권만 달랑 들고 나섰는데, 줄을 서서 들어가서 인스타그램 사진 배경이 되는 건 원치 않았다. 지나친 인기, 감점. 카페 C도 탈락했다.

카페 D는 공사할 때부터 후보에 올려둔 곳이었다. 그 어떤 카페보다 우리 집에서 가까웠기 때문이다. 오픈하자마자 달려갔는데, 구석구석 신경 쓴 인테리어가 예뻤고 테이블마다 꽃이 싱싱하게 꽂혀 있었다. 음악 선곡도 좋아서, 오래 있어도 거슬리는 음악이 없었다. 커피가 저렴한데 맛있기까지 했다. 이게 말이 되는가. 매일 그 카페만 가고 싶었다. 빵도 직접 굽는지 맛있어서, 간단하게 아침 식사를 하기에도 좋았다. 드디어 나도 100%의 동네 카페를 찾은 것이다. 얼마나 자랑하고 싶었는지, 친구를 초대했다.

"너도 정말 깜짝 놀랄 거야. 이 동네에 이런 가게가 있다는 것에."

친구에게 위치를 알려주고 집에서 나서는데, 먼저 도착한 친구에게 문자가 왔다.

'문 닫았는데?'

그날 눈치 채고 점차 알게 된 사실인데, 이 완벽한 카페의 사장님은 오픈 시간을 지키는 데 약했다. 오픈 시간이 문에 적혀 있긴 했지만, 매일 여는 시간이 달랐다. 주로 출근 시간에 커피를 사거나, 주말 아침을 먹으러 가던 나는 아직 열지 않은 카페 앞에서 발길을 돌리는 일이 잦아지면서, 카페 D를 잊어야 했다.

카페 E는 카페 A, B, C, D에 비하면 특색이 없다. 우선 '동네 카페'라고 하기 어렵게 어디에서나 흔히 볼 수 있고, 커피는 괜찮지만, 디저트나 음식이 그저 그렇다. 대신 넓고, 자리가 많고, 주인이 날 알아볼 일이 없고 (아니, 주인이 없고) 언제나 좋은 음악이 흐르고, 콘센트가 많고, 와이파이가 빠르고, 오픈 시간을 칼같이 지킨다. 그렇다, 나는 결국 그렇게 많은 카페들을 저울질하다 스타벅스에 간다. 스타벅스가 언제쯤 맛있는 샌드위치를 만들 수 있을지 알 수 없지만, 책을 읽거나 일을 하기에 최적의 환경이라는 걸 인정하게 됐다.

내가 가고 싶은 100%의 동네 카페는 어디에 있을까. 희망 사항을 다 적어본다. 작은 테이블 말고 큰 테이블이 여러 개 있었으면 좋겠다. 높은 바 의자가 아닌 보통 의자를 놓은 곳이면 좋겠고, 창밖으로는 공원이나 숲이 보였으면 좋겠다. 테이블에는 넉넉한 개수의 콘센트가 있어서 전자 인간을 불안하게 하지 않았으면 좋겠고, 사람이 아주 많지는 않았으면 좋겠다. 커피는 맛없는 정도만 아니면 되지만, 샌드위치가 맛있었으면 좋겠다. 기왕이면 신선한 루꼴라가 들어 있는 샌드위치를 팔았으면 좋겠다. 카페 직원은 주문할 땐 친절하지만, 내가 있는지 없는지 신경을 안 썼으면 좋겠고, 화장실은 아주 깨끗했으면 좋겠다. 아, 화장실에 물비누 대신 거품 비누가 있었으면 좋겠다. 음악은 뭐가 흘러나오는지 의식하지 못할 정도로 편안한 음악이 나왔으면 좋겠고, 창으로 햇살이 가득 들어오면 좋겠다. 마지막으로 이

완벽한 카페가 우리 집에서 도보 10분 거리에 있었으면 좋겠다.

이렇게 쓰고 나니 100%의 남자를 만나는 편이 더 쉬워 보인다.

TV 없이 뭐해요?

내 집에는 TV가 없다. 부모님과 함께 사는 집에서도 주말에 멍하니 누워 있을 때만 가끔 봤으니 필요가 없을 것 같았다. TV는 볼 때마다 화를 유발하므로 정신 건강을 위해서도 없는 편이 나았다. 더군다나 TV가 없으면 매월 2천5백 원을 벌 수 있다. 매월 내는 전기요금에는 KBS 수신료가 포함되어 있다. TV가 없는 가정은 한국전력공사(국번 없이 123. 혹시 지금까지 모르고 수신료를 내고 있었다면 한전과 KBS로 연락해 환불받을 수 있다)에 전화를 걸어 해지 신청을 하면 된다. 요즘엔 TV 없는 집도 많지만 여전히 TV가 없는 삶, 특히 혼자 있으면서 TV까지 없는 삶은 타인의 궁금증을 자아내는 삶의 방식인 것 같다. "집에서 도

대체 혼자 TV 없이 뭐해요?"라는 질문을 종종 받는다. 집에서 엄청난 일, 그러니까 개구리 뒷다리 수프 같은 것을 끓인다거나 특별한 주문을 외운다고 말하고 싶지만, 나도 21세기의 인간이니까 영상을 보긴 본다.

어쩌면 영상을 보는데 TV가 꼭 필요한 시간은 얼마 남지 않았을지도 모른다. 요즘은 손안의 휴대폰으로 모든 영상을 즐길 수 있으니 말이다. 나 역시 아이패드와 휴대폰으로 넷플릭스를 보고, 유튜브를 본다. 넷플릭스는 언제든 내가 원하는 영상을 바로 선택해서 볼 수 있다는 점과 광고를 1초도 보지 않아도 된다는 점이 마음에 든다. 그리고 TV를 볼 때만큼 화낼 일이 거의 없다는 점도 좋다. 유튜브는 선택의 폭이 넓다. 다양한 크리에이터들이 자신만의 이야기를 성실하게 들려준다. 이제는 몇몇 정이 든 크리에이터들은 업로드가 뜸하면 친구처럼 걱정이 된다. 주로 보는 채널은 혼자서 장을 보고, 요리를 하고, 집에서 혼자 노는 잔잔한 일상 채널이다. 몇 초에 한 번은 가짜 웃음이라도 들어가야 하는 TV 방송과는 다르게 말 한마디 안 나오기도 한다. 언제든 켜고, 멈추고, 끌 수 있는 이 세계에 익숙해지면, 방송국의 시간표에 따라 채널을 돌려야 하는 TV가 낯설다. 자극적인 웃음을 위해 소수자에게 던지는 한껏 무례하고 질 낮은 농담에 나는 이제 웃을 수 없으니 어쩔 수 없다.

집에 TV가 없고, 벽에 빈 공간이 많으면 무얼 하고 싶으냐. 프로젝터를 사고 싶어진다. 프로젝터로 영화를 틀어놓고, 맥주를 한잔하며 보내는 밤은 얼마나 낭만적인가. 친구들이 놀러왔을 때도 프로젝터로 영화를 틀어줄 수 있다. 아주 좋은 생각 같았고, 수많은 프로젝터 사이를 헤맸다. 요즘은 캠핑을 즐기는 사람이 많아져서인지 크기가 작고 성능이 좋은 프로젝터들이 많았다. 물론 가격은 비쌌다. 내가 프로젝터로 영상을 몇 번이나 볼까, 이 가격이 적당한가, 여러 차례 망설이다가 7만 원대의 중국산 프로젝터를 발견했다. 7만 원대라니. 비싼 제품이 안 좋을 수는 있어도, 싼 제품이 좋을 수는 없다는 생각까지 하기에는 가격의 메리트가 너무 강력했다. 프로젝터는 국경을 건너 도착했고, 두근거리는 마음으로 영상을 재생하려고 했는데, 설치가 쉽지 않았다. HDMI 케이블을 사고, 몇 개 달려 있지도 않은 버튼을 수십 번 눌러 어찌어찌 연결에 성공해 영화를 틀었다. 7만 원인 것을 감안하면 인터넷 후기대로 영상 화질이 생각보다 나쁘지 않았지만 문제는 소음이었다. 내 손바닥만 한 프로젝터는 엄청난 굉음을 내며 돌아갔고, 집밖 소음과 영화 속 배우의 대사 소리를 합친 것보다 컸다. 배우가 웬만큼 소리를 질러서는 대적할 수 없었고, 액션 영화에서 폭탄 정도 터져야 프로젝터를 이길 수 있을 것 같았다. 게다가 어찌나 뜨겁게 달궈지는지 겨울에는 히터로 써도 될 정도였다. 'TV 대신 프로젝터'의 감성을 7만 원에 가져보고자 했던 야심찬 계획은 실패로 돌아갔다.

TV를 집에 놓으라는 유혹은 이동 통신사가 제일 열심히 한다. '인터넷만 쓰신다고요? TV와 결합하면 이렇게나 할인이 많이 된답니다!'라는 전화를 매번 받고 있다. TV에, 인터넷에, 인공지능 셋톱 박스까지 합치면 할인이 무시무시하게 된다는 소식인데, TV를 아예 안 보면 0원이라는 걸 항상 마음에 새기고 있다. 사실 인공지능 스피커를 선물받아서 가지고 있는데, 이 기기를 작동시키려면 "팅커벨!"이라고 외쳐야 한다. 한 번에 인식을 못 할 때도 있어, 피터팬이라도 된 것처럼 여러 번 팅커벨을 부른다. 빈방에서 혼자 허공에 팅커벨을 외치고, TV 대신 아이패드를 끌어안고 잠들고, 휴대폰은 언제나 손이 닿는 곳에 두고 있다. 21세기 혼자 살기의 필수템들이다.

집에 안 있으면 집값이 아깝잖아요

일본 아이돌 그룹 아라시의 멤버 니노미야 카즈나리의 명언이 전 세계 집순이들에게 큰 울림이 되고 있다.

"쉬는 날 집에 안 있으면 집값이 아까워요."

백번 맞는 말이다. 일본이나 한국은 대부분 전 재산을 쏟아부어 집값을 내는데, 회사든 어디든 집밖에만 있으면 정말 집값이 아깝다. 이 진리는 내가 요즘 나름대로 실천하고 있는 '미니멀리즘'에도 적용 가능하다. 전 재산이나 마찬가지인 전셋집을 별 필요 없는 자질구레한 물건들로 뒤덮지 말자고 다짐하곤 한다.

혼자 나와 살면서 생활필수품을 구입했다. 세탁기, 냉장고 같은 가전제품을 샀고, 가구는 행거와 서랍장 외에 거의 사지 않았다. 그런데 살다 보니 사고 싶은 가구가 생겨났다. 전자레인지와 전기포트, 토스터기를 선물 받았는데 올려둘 곳이 없었다. 역시 레인지장을 사야겠다 싶었다. 이게 좋을까, 저게 좋을까, 네이버 쇼핑 최저가로 찾아보니 그다지 비싸지도 않았다. 혼자 살기 대선배인 친구에게 링크를 보내며 의견을 구했다. 친구는 진지하게 이야기했다.

"사지 마. 짐은 늘리지 마, 절대. 웬만하면 집에 있는 걸로 써."

이렇게까지 단호하게 말할 수 있나. 내가 가구를 세트로 사는 것도 아니고, 레인지장 하나를 사겠다는데? 친구 말을 듣고 집 안을 둘러보니, 있는 물건들로 대충 쓸 수도 있을 것 같았다. 두 개 있는 이케아 철제 서랍장을 나란히 모아서 위에 천을 깔고 전자레인지와 토스터기를 올려놨다. 전기포트는 그냥 방바닥에 뒀다. 그럭저럭 괜찮았다. 그 후로 집안에 부피를 차지하는 물건을 살 때마다 친구의 조언을 떠올렸다. 집에 있는 걸로 대체할 순 없을까? 침대를 살 때, 협탁을 같이 사면 할인해주겠다는 달콤한 말에도 흔들리지 않고, 집에 있는 대체 가능할 물건들을 떠올렸다. 협탁으로 뭘 쓸 수 있지? 집에 있는 폴딩 박스 세 개 중 두 개를 쌓아서 협탁을 만들었다.

가구를 사는 건 어떻게든 줄일 수 있었는데, 가전제품을 안 사기란 어렵다. 블루투스 스피커를 어떤 가구가 대신할 수 있단 말인가? 오직 스피커만이 할 수 있다. 이와 같은 이유로 가전제품이 하나씩 늘어났다. 엄마가 안 쓴다고 준 제습기를 집으로 가져왔다. 집이 너무 습해서 여름이면 목욕탕에 들어 있는 것 같았기 때문에 제습기는 제 몫을 다하고 있다. 열심히 물을 빨아들이는 모습을 보면 소리 내서 칭찬이라도 해주고 싶다. 공기 청정기도 샀다. 두통이 심한 날은 미세먼지 때문인가 싶었고, 외출을 삼가라는 빨간 미세먼지 알림이 무서웠다. 체감하는 변화는 없지만 공기 청정기가 위이이잉 돌아가는 소리를 들으면 안심이 된다. 선풍기를 살까, 서큘레이터를 살까 가을부터 고민하다 겨울과 봄을 지나 여름이 시작되자마자 선풍기를 샀다. 선풍기 없이 여름을 지내볼까 생각을 했다니 어리석었다. 인천공항을 통과해온 샤오미 선풍기는 오늘도 소리도 없이 잘 돌아간다.

최근에 사고 싶었던 물건은 책상에 놓는 스탠드다. 책상에서 노트북을 켤 때, 어두침침해서 작업이 안 되는 느낌이었다. 이것저것 알아보면서 이케아에 가서 살까 생각하고 있는데, 서울을 떠나 강원도로 이사 가는 친구가 자기 집에 버리려는 스탠드가

세 개나 있다며 와서 가져가라고 했다. 스탠드가 디자인별로 세 개나 있었다. 장 스탠드, 책상 위에 올려놓는 작은 스탠드, 고풍스럽게 줄을 당겨서 끄고 켜는 예쁜 녹색 스탠드. 하나만 가져가려는 내게 친구는 다 가져가라며, 다른 물건들도 함께 권했다. 동시에 세 가지의 요리를 할 수 있는 3구 프라이팬, 거의 새것 같은 요가 매트, 내 머리보다 큰 샐러드 그릇, 홈쇼핑 채널에서 봤던 스텝퍼 등등 끊임없이 나오는 물건들을 보다가 웃음이 나왔다. 친구는 나에게 절대 짐을 늘리지 말라고 조언했던 바로 그 친구였기 때문이다.

"난! 독립하고 나서! 네가 집에 물건 늘리지 말래서! 지금까지 얼마나 고심하고 고심해서 하나씩 샀는데! 넌 무슨 물건이 이렇게 많아!"

우리는 함께 한참 웃었다. 친구는 "내가 후회하니까 너한테 말한 거야"라며 끝내 스탠드 하나만 들고 가는 내게 소설책과 회사에서 나눠줬다는 못생긴 자동우산을 안겼다.

친구도, 나도 꼭 필요한 물건만 사서 집 안을 어지럽히지 않으려고 노력하지만, 그게 어디 쉬운 일인가. 휴대폰만 있으면 바로 결제할 수 있는 온갖 물건들로 좁은 집은 점점 더 좁아진다. 집 안을 둘러보고 더 이상은 위험하다 싶을 때 일본 아이돌 니

노 선생님의 명언을 떠올리며 물건을 버린다. 어제는 평생 안 신을 것 같은 구두와 안 입는 청바지를 버렸다. 집을 물건으로 다 채워버리면 집값이 너무 아까우니까.

날 위한 2인용 침대

1인용 침대가 있었다. 중학생 때였나, 고등학생 때부터 썼던 무려 에이스 침대였다. 몇 번의 이사에도 항상 그 침대는 내 등 아래에 있었다. 침구는 부지런히 사다가 바꿨지만 침대를 바꿀 생각은 안 해봤다. 편했고, 익숙했다. 무던히 지금까지 쓰고 있었는데 이번 이사 때 이삿짐센터 사장님이 한마디 하셨다.

"매트리스는 바꾸셔야겠어요. 가운데가 꺼졌던데…."

이사 내내 너무 좋았던 분이 해주신 말이라 곰곰이 생각해봤는데, 매트리스가 오래되긴 너무 오래됐다. 돈 들여 매트리스 청소까지 하면서 아예 바꿀 생각은 못 했다니 매트리스를 사야겠다 싶었다. 생각은 했지만 실천에는 옮기지 않다가 친구한테 그 이야기를 했더니 아예 퀸사이즈 침대로 바꾸는 걸 추천했다. 싱글 매트리스만 하나 사려고 했는데, 일이 너무 커지는 게 아닐까. 친구는 자기도 혼자 살아서 필요 없을 것 같았는데, 막상 바꾸고 나니 삶의 질이 달라졌다며 적극 추천했다. 뭘 사면 좋다는 이야기는 왜 이렇게 달콤하게 귀에 맴도는 걸까. 강남에 갈 일이 있던 어느 여름, 근처에 시몬스 브랜드 매장이 있다기에 들러보기로 했다.

강남대로에 있는 시몬스 매장은 성처럼 컸다. 무더위에 강남대로를 걸어오느라 땀을 삐질삐질 흘리며 들어섰는데 매장의 위용에 조금 기가 죽었다.

'그냥 인터넷으로 살걸….'

매장 직원은 실험실 연구원처럼 흰 가운을 입고 나를 맞이했다. 역시 침대는 가구가 아니라 과학이죠. 직원은 필요한 날짜가 언제냐고 물었다. "음…. 딱히 없는데요. 아, 이왕이면 이번 달 안으로요?"라고 대답하니 직원분이 친절하게 "고객님 혼자 쓰시는 건가요?"라고 물어봐서 질문의 뜻을 파악했다. 혼수를 준비하는 거라면 결혼 날짜가 언제인지 묻는 것이었다.

"아 네, 지금 쓰는 게 싱글 침대인데 오래돼서 침대를 바꾸려고요."

나도 모르게 바꾸는 이유까지 설명하고 더블침대를 보고 싶다고 했다. 아무래도 작은 집에 퀸 사이즈는 부담스러웠다. 하지만 놀랍게도 더블은 아예 판매하지 않는 사이즈였다. 시몬스 침대는 싱글, 퀸, 킹 사이즈를 판매하고 있었다. 신혼부부 대부분은 킹사이즈를 산다고 했다. 점점 퀸사이즈 사는 게 소박하게 느껴지기까지 했다.

"침대는 누워보셔야 돼요."

아, 그럼요. 눕는 건 저의 특기이자 취미니까요. 자신 있습니다. 직원분은 매장 내에 있는 모든 종류의 매트리스에 누워볼 수 있게 안내했다. 정말 신기하게 매트리스마다 느낌이 다 달랐다. '이 시트는 얼마에 한 번씩 빠는 걸까? 베개 시트는 매일 빨겠지?' 같은 생각을 하며 마음껏 침대에 누웠다. 가장 마음에 드는 매트리스를 찾았는데, 정말 기특하게도 중간 가격의 모델이라고 했다. 자, 이제 견적을 낼 시간. 나는 당연히 매트리스와 프레임에 정가가 매겨져 있을 거라고 생각했기 때문에, 직원분이 날 앉혀놓고 비장하게 계산기를 두드리라고는 생각하지 못했다. 나는 상담 테이블에 앉아 직원분과 계산기의 처분을 기다렸다. 그럴

듯한 견적서 종이에 쓰인 몇백만 원의 견적과 스테이플러로 함께 찍어서 준 담당자분의 명함을 받고 놀라지 않은 척하며 매장을 나왔다.

견적서를 고이 집에 두고, 결정을 유예했다. 분명히 싸게 살 방법이 있겠지만, 그걸 처음부터 다 알아보고 속을 것이냐, 속지 않을 것이냐 신경을 곤두세워야 하는 게 피곤했다. 우리가 사는 많은 물건이 대부분 정보의 양에 따라 가격이 달라지며, 치밀한 사전 조사 없이 사면 호구라는 소리를 듣는다. 애플에서 정가를 발표하는 아이폰도 정보의 양과 발품에 따라 천차만별 가격이 달라지는데, 가격을 물어보면 계산기를 꺼내는 매트리스는 오죽하겠나. 의욕을 잃고 가운데가 꺼진 싱글 매트리스 위에 누워버렸다.

나의 무기력을 감지한 동생이 다른 매장에 한 번 더 가볼 것을 꾸준히 추천했다. 이번에 알게 된 사실인데, 같은 매트리스여도 판매처에 따라 제품이 다르다. 백화점, 대리점, 그리고 온라인 매장에서 파는 매트리스가 각기 따로 있다. 그리고 대리점도 대리점마다 가격이 다르다. 신혼살림을 준비하는 카페에 가보면 '○○ 브랜드 ○○ 매트리스 킹사이즈 ○○○만 원 견적 받았다'는 글에 '어느 매장인지 알려주세요'라는 댓글이 끝없이 달린다. 인터넷 카페에서 적정 가격을 알아보고, 가구 거리의 브랜드 가구점을 모두 돌아보고, 그중 가장 마음에 드는 브랜드 매장을 다른 지역에서 또 가보고…. 생각만 해도 피곤해지는 일을 다 마치고, 드디어 처음 시몬스 매장에서 누워봤던 퀸사이즈 매트리스를 합리적인 가격에 사기까지, 한 계절이 걸렸다. 물론 부지런하고 자꾸 침대에 누워버리는 사람이 아니라면 1주일 만에도 끝낼 수 있는 일이었지만.

그래서 결국 만족하냐고? 별 다섯 개! 매우 만족스럽다. 집에서 침대 위를 제일 좋아하고, 누워 있는 상태를 가장 편안하게 여기는 나를 위한 최고의 투자였다. 오늘도 침대 위를 뒹굴거리며 넷플릭스를 보고, 책을 읽으면서 최고의 요새에 안착한 기분을 즐긴다. 물론 작은 방의 대부분을 침대가 차지해버렸지만, 뭐 어떤가. 방은 애초에 침대를 놓기 위해 존재했을 뿐인데. 그럼, 굿나잇.

꽃을 줄 거면 꽃으로 줘

나도 한때는 "꽃을 줄 거면 돈으로 줘"라고 말하던 날들이 있었다. 곧 시들 꽃을 산다는 게 아까워 보이기도 했고, 그렇게 말하는 게 '쿨 걸' 같았다. 그런데 언제부턴가 꽃이 좋아졌다. 가을 되면 단풍 구경 가고, 봄이 되어 개나리꽃 피면 사진 찍어 카톡으로 공유하는 어르신들의 나이에 가까워지는 걸지도 모르겠지만, 꽃이 예쁘다. 무엇이든 집으로 배달해주는 세상에 꽃이라고 다르겠나. 요즘은 꽃도 예쁘게 '편집'해서 정기적으로 배달해준다. 내가 신청한 서비스는 한 달에 2만 원 정도를 내면 두 번 꽃을 배송해줬다. 꽃이 시들어서 버리는 데까지 열흘 정도 걸리니까, 꽤 괜찮은 주기인 셈이다. 꽃줄기를 매일 잘라줘야 꽃이 싱

싱하게 오래간다고 해서 꽃가위도 샀다(꽃가위는 아오야마 플라워 마켓 꽃가위가 좋다고 한다). 이태원 집은 열쇠로 공동 대문을 열어야 하는 옛날 집이라서 꽃배달을 시키기가 여의치 않았다. 그래서 배송지에 회사 주소를 적었다. 낮에 회사로 배송이 오면, 잠깐 물컵에 담아 뒀다가 퇴근할 때 집에 들고 가면 된다. 이 단순한 구조에 예상치 못한 스트레스 요인이 있었는데, 그건 바로 내 자리를 지나치는 모든 이에게 꽃의 존재에 대해 설명해야 한다는 것.

"어머, 이 꽃 누가 보낸 거야?"

"제가… 보냈습니다만."

모두 꽃을 소재 삼아 이야기를 나누는 건 좋지만, 이 꽃을 내가 나에게 정기적으로 배송시키고 있다는 이야기를 무한 반복하기란 쉽지 않은 일이었다. 그래서 연신내로 이사를 와서는 배송지를 집으로 바꿨다. 집에 와서 박스 안에서 숨죽이고 기다리고 있던 꽃을 꺼내 화병에 물을 가득 넣어 꽂아놓고 며칠씩 행복했다.

그러다 여름이 되니 문제가 생겼다. 찜통이 되는 집 안에서 사흘, 나흘도 못 되어 꽃이 전부 시들어버렸다. 애완동물도 아니고, 꽃을 살리기 위해 에어컨을 켜놓고 회사에 갈 순 없기에 배달을 중단했다.

여름이 지나고, 가을이 되니 다시 꽃을 사고 싶었다. 동네 꽃집에서 살 수 있는 꽃은 가짓수도 적고 너무 비쌌다. 동네 꽃집에서 꽃을 사는 일과 다시 배송을 신청하는 일 사이에서 망설이다가 고속터미널 꽃시장에 가보기로 했다. 꽃을 사랑하는 사람이라면 누구나 가보고 싶어 하지만, 주말에 늦잠 자는 직장인에게는 다가갈 수 없는 결계가 쳐진 바로 그곳! (고속터미널 생화시장은 낮 12시에 닫는다. 매주 일요일은 휴무니 참고하시길.) 어느 주말 아침, 단단히 마음을 먹고 고속터미널 꽃시장에 갔다. 색색의 예쁜 꽃들이 잔뜩 있었고, 가격도 쌌다. 흥정을 어떻게 할지 몰라 잔뜩 겁을 먹고 간 나는 사람이 많은 가게에서 프로로 보이는 사람이 내가 마음에 드는 꽃을 살 때, 옆에서 다급하게 외쳤다.

"저도요! 같은 걸로요!"

1만5천 원 정도에 예쁜 꽃들을 잔뜩 사와버려서, 빈 페트병까지 동원해 꽃을 꽂았다. 현관에도 두고, 싱크대 위에도 두고, 침대 머리맡에도 두고, 옷장 옆에도 두었다. 매일 꽃을 보니 좋았는데, 그날 이후로 다시 토요일 아침에 고속터미널에 가는 일을 해내지 못하고 있다. 하지만 포기하지 않고, 다음 주말에는 남대문 꽃시장에 가기로 결심해보는 것이다. 꼭… 가고 말 거야….

밥은 먹고 다니니

해외여행을 가서 그 나라 언어로 아침 인사를 하는 일은 언제나 즐겁다. 굿모닝, 오하요, 자오상하오. 참 신기한 일이다. 미국도, 일본도, 중국도 아침 인사말이 있는데, 우리나라에는 없다. 대신 우리나라만의 인사말이 있다. "식사는 하셨어요?" "밥 먹었어?"

유난히 타인의 식사 여부를 챙겨주는 나라답게, 혼자 산다고 하면 걱정스러운 눈빛으로 정말 '밥은 먹고 다니는지'를 묻는 경우가 많다. 회사에서 간식이라도 남으면 혼자 사니까, 집에 가면 먹을 게 없을 테니까 가져가라고 챙겨준다. 정말 집에 먹을 게 없는지와는 상관없이 그 정도 선의는 고맙다. 거기서 더 나가서 '부모님이랑 살면 집밥을 먹을 수 있는데 왜 혼자 나와서 고생이냐'고 따지기까지 하면 조금 곤란해진다. 정말 그놈의 집밥이 뭐길래.

그래서 '밥은 먹고 다니냐'라고 내게 묻는다면, 잘 먹고 다닌다. 매 끼니 떡갈비나 생선을 굽고 찌개를 끓여 갓 지은 밥을 먹는 것은 아니지만 고등어만 하나 구워서 먹기도 하고, 생연어에 샐러드만 먹기도 하고, 베이글에 청포도를 먹기도 하고, 마트에서 사온 연어초밥을 먹기도 하는데, 혼자 하는 식사로 딱 좋다. 혼자 살면서 매 끼니 쌀밥을 해 먹기란 번거롭기도 하고, 좋아하지도 않아서 취향껏 최대한 건강하게 먹으려고 노력 중이다.

'집밥' 하면 쌀밥을 떠올리겠지만 사실 통계청에 따르면 지난해 1인당 연간 쌀 소비량은 61.8kg으로 통계청이 관련 통계작업을 시작한 이래 최저치를 기록했다. 한 끼를 쌀 100g으로 계산하면, 우리나라 성인은 하루에 한 끼 정도만 쌀밥을 먹는다. 고로 쌀밥은 이제 집밥의 대명사가 아니다.

혼자 살기 기초 기술로 '요리하기' 분야에 자신이 없다면, 요리가 거의 필요 없는 식재료를 사면 된다. 모든 음식이 인터넷 주문으로 해결되는 시대에 나도 결제 버튼만 누르면 '요리하기'

분야가 손쉽게 해결될 거라고 생각했다. 하지만 가사 노동은 그렇게 간단한 게 아니었다.

우선 매주 내가 먹는 양을 가늠하여 적정량을 주문해야 한다. '이번 주엔 집에서 저녁밥을 몇 번이나 먹을까?' '주말에 밖에 나갈 일이 있을까?' '최소한의 요리를 할 시간은 얼마나 있을까?' '지금 냉장고에 뭐가 남아 있나?' 등등을 고려하여 식재료를 주문한다. 내가 아니면 먹을 사람이 없고, 내가 아니면 음식물 쓰레기를 치울 사람도 없다. 그렇게 곰곰이 생각해서 주말이 오기 전 인터넷으로 장을 본다. 보통 주말에 집에 제일 오래 있으니까, 주말에 가장 싱싱한 식재료로 음식을 해 먹을 수 있도록 목요일쯤이 장보기에 적합한 요일이다. 구매 후기도 꼼꼼하게 읽고 배송료를 내지 않게 비용도 조절하면서, 샐러드도 주문하고 빵도 주문하고 과일도 주문한다. 주말을 보내면, 식재료는 음식과 음식물 쓰레기의 경계에 서게 된다. 머릿속에서 냉장고 출고 관리를 하면서 주중에 음식물을 처리해야 또 다음 주문을 할 수 있다.

부엌에서의 가사 노동은 싱크대 앞에 서서 요리하고, 설거지하는 시간뿐만이 아니라, '뭘 살까', '뭐가 남아 있나', '뭘 또 주문해야 하나'를 생각하는 것까지 포함한다. 아무리 부모님 집에서 집밥을 먹고 매번 설거지를 한다고 해도 그것은 부엌에서 일어나는 가사 노동의 반의반도 아니었다는 걸, '반찬 다 사다 먹는데 뭐가 힘들어', '요샌 인터넷에 다 팔잖아' 이런 말들은 가사 노동의 중심에 서보지 않아서 할 수 있는 말이었다는 걸 나 스스로를 키우면서 깨닫는다.

다음 주말에는 뭘 먹을까? 이번 주에는 반찬 가게에서 반찬을 주문해서 한식을 계속 먹었으니까, 빵이랑 샐러드를 주문해야겠다. 달걀이 떨어졌으니까, 달걀도 주문하고. 동네에서 귤을 3천원어치 샀는데, 아직 귤은 맛이 없는 것 같으니 다른 과일은 뭐가 좋을까? 남은 식빵은 유통기한이 지났는데, 며칠 안 됐으니까 먹어도 괜찮겠지? 이렇게나 생각할 게 많은데, 이것은 왜 '집밥'이 아니란 말인가.

내가 다 안 해서 그렇지

"우리 애가 공부를 안 해서 그렇지, 머리는 좋은데…. 하면 잘 할 거예요."

제 말이 그 말입니다. 제가 요리를 안 해서 그렇지 하면 잘할 거거든요. 나는 나의 요리 실력에 큰 희망을 품고 있었다. 내가 요리를 할 일이 없어서 그렇지, 하면 또 얼마나 잘하겠어. 근거 없는 희망은 아닌 게, 저로 말할 것 같으면, 엣헴. 요리의 신 외할머니와, 그녀의 딸로서 조리사 자격증까지 갖추고 있는 요리의 대가인 어머니를 둔 사람이란 말입니다. 아시겠어요? 저에겐 요리사의 피가 흐른다고요.

나만의 부엌을 가지게 된 이후로, 나도 요리를 시작했다. 우선 가장 쉬운 요리부터 시작했다. 김치볶음밥. 김치볶음밥에 무슨 요령이 필요할까. 요리의 대가가 만든 완벽한 김치가 있는데. 그런데도 맛이 없었다.

'이번엔 운이 나빴어.'

파스타를 만들어본다. 시중에서 파는 소스를 넣을 거니까, 특별히 맛이 없기도 어렵다. 과연 나쁘지 않았으나, 맛있지도 않았다.

'아쉽군.'

내가 좋아하는 고등어를 구워보면 어떨까? 이미 간이 다 되어 있는 고등어를 그냥 프라이팬에 굽기만 하면 된다. 고등어가 다 익기도 전에 화재 신고로 119가 출동할 것 같았다.

'이 집의 환풍기가 문제인 걸까?'

돈가스를 튀겨보자. 냉동 돈가스를 식용유에 그냥 튀기기만 하면 된다고 쓰여 있는데 이리저리 튀는 기름을 피해 펄쩍펄쩍 뛰다가 결국 겉은 다 타고 속은 날 것인 돈가스를 버리고 말았다.

'사실 돈가스를 엄청 좋아하는 건 아니니까.'

이렇게 하나씩 역경을 헤치고 나의 요리를 먹을 때마다 내 머릿속에는 단 한 가지 생각뿐이었다.

'아, 맛있는 밥 먹고 싶다.'

어떻게 하루아침에 요리를 잘할 수 있겠나. 나는 이제 배우는 과정이니 노력해나가자. 이런 긍정적인 자세로 정진하기에는 사 먹는 음식이 해 먹는 것보다 싸다. 언젠가는 요리의 신 외할머니가 나를 찾아와주실지 모르는 일이지만, 요리 열등생이 요리에 재미를 붙이기는 어려웠다. 결국 최소한의 움직임으로 어쩌면 요리라고 부를 수도 있는 것들을 만드는 걸로 타협했다. 무슨 소리냐면 복잡한 과정 없이 그냥 썰어 먹거나 구워 먹거나 날로 먹었다는 소리다. 나 같은 이를 위해 냉장고에 있으면 든든한 재료들을 소개해본다.

베이컨 | 말이 더 필요한가? 주말 아침, 구워서 먹으면 된다. 베이컨이 맛없다는 사람은 정말 나쁜 사람. 베이컨이 남으면 잘게 잘라서 김치볶음밥을 해 먹거나, 토마토 파스타에 넣어서 먹어도 된다.

방울토마토 | 토마토 님, 당신은 야채인가요? 과일인가요? 야채를 별로 좋아하지 않지만 건강을 위해 먹어야 할까 싶은 당신을 위해 방울토마토가 있다. 그냥 씻어서 한 줌씩 먹어도 맛있고, 썰어서 발사믹 식초를 뿌려서 샐러드로 먹을 수도 있다. 샌드위치 위에 얹어 먹어도 맛있고, 토마토 파스타에 넣어도 된다.

아보카도 | 아보카도는 비싸다. 신중하게 사야 하지만, 그만큼 쓸모가 많다. 밥에 얹어서 먹으면 아보카도 덮밥이 되고, 썰어서 빵 위에 올려 먹으면 오픈 샌드위치가 된다. 갈아서 과카몰리로 만들어서 먹는다고도 하는데, 아직 도전해보지는 않았다. 아보카도는 색이 갈색으로 변해야 먹기 좋게 익은 것이다. 마트에서 세일하면 꼭 챙겨 사는 아이템.

달걀 | 너무 당연한가. 달걀은 독립생활인의 생존 필수 식량이다. 삶아서 소금에 찍어 먹어도 맛있고, 삶은 달걀을 썰어서 발사믹 식초를 뿌려 먹어도 맛있다. 삶은 달걀은 떡볶이에도 넣을 수 있고, 비빔면에도 꼭 필요하고, 달걀 프라이를 해서 아보카도 덮밥 위에도 올리고, 밥에 달걀과 간장을 넣어 먹을 수도 있다. 달걀 프라이를 하다가 노른자가 터지면 의도했다는 듯이 스크램블드에그를 만들어 먹으면 된다. 이탈리아 본토에서는 까르보나라를 달걀만으로 만든다는 사실을 아시는지? (유튜브에 검색하면 이탈리아 파스타의 대가 셰프 안토니오 까를루초 님이 직접 까르보나라 만드는 법을 설명하는 동영상을 볼 수 있다.) 베이컨을 추가해 까르보나라를 만들어 먹어도 그럴싸하다.

연어 | 재료라기보다 연어를 너무 좋아해서 넣어봤다.

혼자 사는 이들에게 좋은 재료로 알려져 있지만 개인적으로 생각보다 별로인 재료들은 아래와 같다. 만인의 사랑을 받는 재료들이니 나 정도는 외면해도 슬퍼하지 않길.

스팸 | 가끔 먹고 싶을 때가 있지만, 도저히 한 통을 다 먹을 수가 없다. 그렇다고 매일 먹고 싶은 맛은 아니어서, 한 입 먹고 버리는 일이 반복된다. CF에서처럼 친구 집에 놀러가서, 친구가 딱 세 장만 구워줬으면 좋겠다.

라면 | 원래 별로 좋아하지 않아서 사두지 않는다. 건강에 좋은 음식도 아니니까, 먹고 싶을 땐 편의점에 가서 하나만 사다가 끓여 먹는 편이 낫다.

닭가슴살 | 데치거나 구운 닭가슴살로 행복해질 수 있는 사람은 많지 않다. 반면 닭을 튀기면 모두가 행복하다.

식빵 | 평범한 식빵을 맛있는 토스트나 오픈 샌드위치로 만들려면

너무나 많은 노력이 필요하다. 애초에 좋아하는 재료가 들어 있는 빵을 사 먹는 편이 낫다. 인스타그램에서 볼 수 있는 예쁜 브런치용 토스트는 사 먹도록 하자.

생선 | 구워야 하는 생선은 역시 사 먹자.

재료를 썼을 뿐인데, 내가 할 수 있는 요리가 다 들통나버렸다. 사실은 이것보다 한두 개 정도는 더 할 수 있다는 변명을 덧붙여본다. 내가 진짜, 안 해서 그렇지 하기만 하면…!

우리 집엔 아무것도 없어

제목은 내 이야기가 아니다. 내가 읽은 책 제목이다. 《우리 집엔 아무것도 없어》는 스스로를 '버리기 마녀'라고 부르는 일본의 미니멀리스트 유루리 마이의 책이다. 그는 제목 그대로 정말 집에 아무것도 두지 않는다. 졸업앨범을 버리면서 정 보고 싶으면 학교에 가서 봐야겠다고 생각하고, 남자친구에게 결혼반지를 받자마자 그전에 끼던 커플링을 버려버리는 사람이다. 정리정돈과 미니멀리즘 책은 이제 그만 읽어도 되겠다고 큰소리쳤던 내가 왜 이 책을 다시 집어 들었냐면, 두 가지 사건 때문이다.

우연히 업무차 갔던 디자인 포럼에서 일본 무인양품의 제품

아이덴티티에 큰 영향을 끼친 디자이너 후카사와 나오토의 강연을 들었다. 그가 준비한 강연 PPT 화면 중에 직접 리모델링한 본인의 옷장 사진이 있었는데, 행거 자체가 간결하고 아름다운 것은 둘째 치고 옷과 옷 사이의 간격이 있었다. 행거에 빈틈이 있다니! 옷과 옷 사이에 옷 하나가 더 들어갈 수 있는 공간을 남겨두다니! 그 사진이 기억에 오래 남았다. 그는 공간도 디자인의 일부라고 생각한다고 말했다. 그의 아름다운 행거에 비해 나의 행거는 많은 옷을 버렸음에도 불구하고, 옷과 옷 사이의 틈이라고 할 만한 게 전혀 없었다. 이제 겨울 패딩까지 행거에 끼어들어 나머지 옷들과 자리싸움이 더더욱 치열해졌다. 엉킨 옷들의 틈바구니 사이에 빨래한 옷을 밀어넣는 일이 옷정리라고 생각했던 나에게 그의 옷장은 놀라움이자 부러움이었다.

나름 집을 깔끔하게 정리하고자 했던 나는 가장 많은 지분을 차지하던 책을 많이 버렸다. 물론 아직 부모님 집에 위탁 보관 중인 책들이 있지만, 중고서점에 부지런히 팔아서 책을 많이 줄였다. 남은 책들을 침실 서랍장 위에 쌓아뒀는데 책장을 따로 사기에는 몇 권 되지 않고, 책은 보이는 곳에 있어야 한 번이라도 더 읽지 않을까 싶어서였다. 어느 날 책을 몇 권 더 쌓다가, 위치를 바꿔보면 어떨까 싶었다. 서랍장 위에 있는 책을 모두 끌어내렸다. 그랬더니, 이게 웬일인가. 아무것도 올려놓지 않은 서랍장이 이렇게 예쁘다는 걸 처음 알았다.

행거에 옷을 끼워 넣다 넣다, 포기하고 의자 위에 옷을 쌓아두는 날들이 계속되자 다시 유루리 마이의 책을 집어 들었다. 커플링도 아니고 졸업앨범도 아닌 안 입는 옷 정도야 얼마든지 버릴 수 있겠다는 자신감이 생겼다. 정리정돈 마스터 K의 가르침에 따라 옷을 버렸을 때도 살아남아 1년을 버틴 옷들을 바라봤다. K의 날카로운 눈빛을 견뎌내고 구해냈던 이 옷들을 지난 1년간 한 번이라도 입은 적이 있었나? 아니었다. 그냥 헌 옷 수거함에 버리기 아까운 옷들은 골라내 나와 사이즈가 비슷한 친구에게 보내주었다. 그 외의 옷들은 헌 옷 수거함에 버렸다.

책들 역시 중고서점에 거의 다 보냈다고 생각했지만 남아 있는 책들을 다시 심판대에 올렸다. 그중 앞으로도 볼 가능성이 없는 책들을 다시 중고서점에 가져가 팔았다. 그러고도 남은 소수정예의 책들은 폴딩 박스에 넣어두었다.

1년 만에 다시 옷과 책을 버리고 나니, 디자이너 후카사와 나오토가 말한 '디자인으로서의 공간'이라는 것이 내게도 아주 약간 생겨났다. 더 이상 패딩을 만원 지하철에 몸을 구겨 넣는 것처럼 밀어 넣지 않아도 될 정도로는 말이다.

'버리기'는 2보 전진을 위한 1보 후퇴이기도 하다. 안 입는 코트 두 개를 친구에게 준 대신 코트 하나를 나에게 선물할 수 있다는 정당성을 획득했다. 그리고 이제 전자책을 본격적으로 읽기 위해 전자책 리더기를 사는 건 어떨까 생각 중이다. '우리 집엔 아무것도 없다'니. 그런 선언은 아마 영원히 하지 못할 것이다.

어쩌다 미니멀리스트

정리정돈 마스터 K가 방문하기 전의 우리 집은 어떻게 청소를 해야 할지 모르는 상태였다. 물건은 쌓여가고, 공간은 한정되어 있으니까 어쩔 수 없는 것 아닌가 하고 생각했다. 그때는 너무 막막한 나머지 가사도우미의 도움을 받아보자 했다. 요즘은 앱으로 간단한 정보만 입력하면, 두세 시간 정도 청소해주는 서비스를 쉽게 이용할 수 있다. 결혼해서 가사도우미의 도움을 받는 친구들의 조언을 여러 번 들었다. 아직도 내 머릿속에는 드라마에 나오는 부잣집에서만 가사도우미를 고용할 것 같은데, 현대 직장인의 필수 지출 목록이라고 했다. 그래도 왠지 둘도 아니고 나 하나, 아파트도 아니고 거실도 없는 작은 빌라에 살면서 가사도우미를 불러도 될까 많이 망설였다. 더 이상 이 집을 어떻게 할 수 없다는 생각이 들 때, 그분이 우리 집에 오셨다. 모르는 분께 엉망진창인 집을 보이는 게 쑥스러워 문을 열자마자 "아유, 어떡하죠. 집이 엉망이에요"라고 변명 아닌 변명을 했다. 그분은 역시 프로답게 "그러시니 저희를 부르셨겠죠?" 다정한 대답과 함께 들어오셨다. 작은 집에 둘이나 있기도 좁고, 청소를 같이 하려다가 더 불편할 것 같아 결국 나는 동네 카페로 피신했다.

청소를 마쳤다는 문자를 받고, 집으로 돌아왔다. 과연 집은 정리가 되어 있었다. 빨래도 하나하나 개어져 있고, 어수선한 물건들도 정리되어 있었다. 하지만 집이 별로 깨끗해 보이지 않았다. 집을 그렇게 더럽혀놓은 주제에, 할 말은 없었지만 이건 청소를 해주신 분의 문제가 아니었다. 어수선하게 굴러다니던 모든 물건을 말끔하게 정리해서 한 곳에 두셨는데, 그걸 어디에 넣지 않고 가지런히 옆에 두기만 하니 깨끗한 느낌이 들지 않았다. 차곡차곡 개어진 옷들이 수북하게 쌓여 있고, 어디로 가야 할지 모르는 물건은 가지런히 책상 위에 쌓여 있었다. 어디에 수납을 할지 정하고 수납을 할 수 있는 건 오로지 집주인뿐이라는 깨달음을 얻었다. 청소가 필요할 땐 가사도우미의 도움이 절실하지만 '정리'가 필요할 땐 오로지 나에게 달려 있다는 걸.

K의 도움이 스쳐간 후 청소 및 정리가 쉬워졌다. 이전의 난 물건들을 어떻게 정리해야 할지 모르는 상태였다면, 지금은 '모든 게 정리된 상태'가 머릿속에 있으니 쉽다. 각 물건은 각자의 자리가 있다는 것이 정리의 기본이다. 영수증을 갈아 버리는 작은 분쇄기가 책상 위에 있을 때도 있고, 방바닥에 있을 때도 있지만 결국엔 이케아 철제 서랍장 네 번째 서랍에 들어가야 한다는 사실 같은 것 말이다. 아무리 며칠째 집을 치우지 않아도, 한 번 몸을 일으키면 어떻게든 정리할 수 있었다. 그래서 아예 1주일 중 하루를 집안일 하는 날로 만들었다. 주말 이틀 중 하루는 집에만 있으면서 청소도 하고, 빨래도 한다. 물론 그러기로 마음먹었지만 하기 싫어서 하루 종일 침대에서 뒹굴거릴 때도 있다. 하지만 치워야 한다고 생각한 이상 오래 버티진 못한다.

새로운 물건을 사면 그게 있을 장소를 지정해줘야 하는데, 좁은 집에선 만만치 않다. 원래도 뭘 살 때 한참을 망설이는 성격인데, 더욱 망설이게 되었다.

미국에 사는 친구가 1주일 정도 한국에 놀러와 우리 집에 머물렀는데, 그 친구가 내 선물을 사면서 점원에게 이렇게 말했다고 한다.

"뭘 선물하기가 너무 힘들어요. 친구가 미니멀리스트라서요."

어느새 미니멀리스트라는 칭호까지 얻다니, 감개무량하다. 친구는 미국 집에 돌아가서 지금까지 버리지 못했던 짐들을 버리게 됐다며, 나에게 사진까지 보내줬다.

'짐이 적어지니까, 생각도 덜어지는 것 같아.'

생각까지 덜어지는지는 아직 잘 모르겠지만, 이제는 정돈이 안 되어 있는 집에서는 완전하게 쉴 수 없다는 걸 알았다.

정리정돈 마스터 친구의 그 말을 내가 다시 하게 될 줄은 몰랐지만, 정말 놀랍게도 물건은 각자의 자리가 있어야 한다. 그래야 정리를 시작할 수 있다. 조리대에 나와 있는 냄비를 내일 또 쓸 걸 알면서도 찬장 안에 들여두는 것. 내일 또 들고 나갈 가방도 행거에 올려두는 것. 집에 오면 또 쓸 머리끈도 상자 안에 넣어두는 것. 작은 일들이 겨우겨우 모여서 정리된 상태를 만든다. 이 사실을 과거의 나에게 말하면, 어이없어 할 게 분명하다.

"아니, 그런 말은 누가 못하냐고. 우리 집은 틀렸어!"

크리스마스에는 똠양꿍을

넷플릭스 오리지널 드라마 '마스터 오브 제로' 시즌2에는 데니즈와 데브가 어렸을 때부터 성인이 될 때까지 추수감사절마다 함께하는 이야기가 나온다. 각본가이자 배우로서 데니즈 역을 맡은 리나 웨이스는 이 드라마로 흑인 여성 최초로 에미상 최우수 각본상을 받기도 했다. 가족과 함께하는 추수감사절 저녁식사에 데이즈가 커밍아웃을 하고 여자친구를 데려오면서 일어나는 가족 간의 갈등과 화해가 주요 스토리다. 데니즈와 데브가 정해진 의식처럼 매 추수감사절에 함께 식사를 하는 것처럼, 나와 친구들도 하나의 전통이 있다. 크리스마스 당일 모여 똠양꿍에서 똠양꿍을 먹는다. 이 문장은 잘못 쓰인 문장이 아니다.

망원동의 '똠양꿍'이라는 타이 음식점에서 신선로 그릇에 담겨 나오는 똠양꿍을 먹는다. 둘러앉아 똠양꿍을 먹고 나서는 근처에 있는 커피숍에 간다. 커피숍도 늘 가던 곳으로 가는데 그 이유는 커피가 맛있기 때문이기도 하지만 역시 큰 개를 만지기 위해서다. 그 커피숍에는 사람을 좋아하는 골든 리트리버가 있다. 옆에 와서 배를 보이며 눕는 개를 쓱쓱 만지는 행복을 누리는 것. 최고의 크리스마스다.

그날도 크리스마스였고, 우리는 똠양꿍에서 똠양꿍을 먹고 있었다. 가게에는 여자 손님 몇 명과, 아이와 함께 온 젊은 부부, 그리고 혼자서 술을 마시고 있는 남자가 있었다. 크리스마스 똠양꿍의 평화를 깬 건 그 남자였다. 소리를 지르며 종업원들에게 메뉴판을 가져와라, 여기서 제일 비싼 게 뭐냐, 여기 있는 음식 다 내놔라, 돈이 없을 것 같냐, 고래고래 소리를 질렀다. 똠양꿍은 태국 사람들이 하는 작은 가게다. 미소의 나라에서 온, 한국말이 능숙하지 않은 사장님은 안절부절못하고 계셨고, 앳된 태국인 종업원들은 숨죽이며 주방에 숨어 있었다. 그가 테이블을 내리치고 소리를 지르자, 옆 테이블에서 식사를 하던 아이 아빠가 조용히 해달라고 정중히 말했다. 술 취한 그가 말을 들었을까? 당연히 아니었다. 사장님을 앞에 세워두고 알아들을 수도 없는 소리를 계속 질러댔다. 나는 그전까지 한 번도 경찰에 신고해본 적이 없었다. 신고는 정말 최후의 수단이라고 생각했고, 그만큼 경찰에 신고하면 신속한 해결이 가능할 거라고 믿었다. 결국 식당의 손님들은 서로 눈빛을 주고받다가 경찰에 신고했다. 하지만 경찰은 두 번째 신고 전화를 하고, 행패를 부리던 그가 무사히 집에 돌아갈 때까지 오지 않았다. 우리는 식사를 다 마쳤지만, 경찰이 왔을 때 사장님이 설명하기 힘드실 것 같아 경찰을 기다렸다. 태국인 종업원들만큼이나 앳된 얼굴의 경찰 두 명이 마침내 들어왔다.

"이미 다 끝났어요. 지금 오시면 어떡해요."

우리의 항의에 그들은 피로한 얼굴로 크리스마스라 취객이 워낙 많아서라고 변명했고, 기다림에 지쳤던 사람들은 모두 맥이 빠졌다. 그들은 구체적인 피해가 남지 않은 현장에서 서둘러 돌아갔고, 우리는 아무 도움이 되지 못해 씁쓸해진 마음으로 발걸음을 옮겼다. 교회에 다니지 않지만 이런 기도가 절로 나왔다.

'하느님, 예수님, 성모 마리아님, 경찰과 검찰과 법원이 선량한 이웃을 괴롭히는 자들을 술에 취했다는 이유로 용서하는 실수를 저지르지 않게 해주세요.'

똠양꿍은 어느 날 자취를 감추었고, 카페도 다른 곳으로 이사갔다. 우리의 전통은 부동산 투기 바람 앞에서는 지켜질 수 없는 연약한 것이었다. 그러다 최근 똠양꿍이 다시 나타났다는 소식을 들었다. 같은 분이 하시는지, 이름만 같은지는 알 수 없지만 간판의 포스나 후기가 아마 옛날 똠양꿍이 아닐까 싶다. 이번 크리스마스에는 친구들과 함께 다시 똠양꿍에 가야겠다.

그래도 있으니 좋더라 BEST 3

연말이 되니 크리스마스다, 블랙 프라이데이다, 해서 자꾸 나에게 선물을 사주고 싶어진다. '내가 뭘 제일 갖고 싶을까' 고심 끝에 블루투스 스피커를 샀다. 언젠가 사은품으로 받았던 주먹만 한 휴대용 블루투스 스피커는 좁은 집 안에서도 자주 끊기고, 음질이 안 좋으니까, 그리고 마침 블랙 프라이데이로 마샬 스피커가 50%나 할인을 하니까. 스피커는 아직 미국에 머물러 있지만, 12월 안에는 올 거라는 아마존에 대한 믿음으로 크리스마스 선물을 미리 샀다.

이렇게 나에게 준 선물들 중에 혼자 살기에 윤기를 더해준 추천 아이템, 없어도 별 상관은 없지만 있으니 참 좋은 아이템 Best 3을 꼽아보려고 한다.

1. 잠옷

원래는 아무거나 입고 잤다. 회사 체육대회 때 받은 티셔츠도 입고 자고, 동생이 이제 작다고 준 무릎이 나온 운동복도 입고 잤다. 잠옷이란 밖에 입고 나가기 좀 그런 옷의 동의어였다. 그러다 무인양품에서 파자마가 품절 직전이라고 해서 왠지 모를 경쟁심에 하나 사 와서 입고 잤는데, 집 안에서의 생활이 달라졌다. 오직 '자기 위해' 만들어진 옷을 입는 순간, 집 안과 집 밖의 경계가 뚜렷해지면서 집 안에 머무른다는 편안함이 온몸을 감쌌다.

잠옷을 입는다는 건 이 시각 이후로 절대 집 밖에 나가지 않겠다는 선언이다. 잠옷은 소파에 바람 빠진 풍선 인형처럼 누워 있을 때, 눈 뜨자마자 앉아서 베이글을 입에 집어넣을 때, 그 어떤 순간에도 집순이의 마음을 한결 편안하게 한다.

무인양품 잠옷 이외에 추천하고 싶은 브랜드가 있다면 오이쇼(OYSHO). 무인양품 잠옷이 너무 정직해 보인다면, 오이쇼에서 플라워 프린트 잠옷을 사면 된다. 최근에 한국에도 입점했는데, 만져보면 천이 부들부들 좋아서 계속 입고 싶어진다.

2. 샤워가운

샤워가운을 입는 일은 심리적 장벽이 있었다. 샤워가운은 차가운 도시 여자, 혹은 차가운 도시 남자의 전유물 같아서 한강이 내려다 보이는 고층 오피스텔에서 와인잔 하나 정도는 들고 입어줘야 할 것 같은 그런 느낌이다. 하지만 샤워가운은 욕실에 쌓여 있는 수건처럼 실용품에 불과하고, 그 효용이 대단하다는 걸 깨닫게 되었다. 무엇보다 가격도 저렴하다. 좋은 브랜드들도 많겠지만, 수건계의 전통 강자 송월타월에서는 3만 원대에 살 수 있다. 샤워를 하고 수건으로 몸을 닦지 않고 바로 샤워가운을 입고 얼굴에 로션을 바르거나, 물을 한 잔 마신다. 그러면 그 사이 샤워가운이 몸의 물기를 흡수해서 수건으로 몸을 닦는 수고를 덜어준다. 수건 세탁 횟수가 줄어든다면 솔깃하지 않은가? (물론 대신 샤워가운 세탁을 해야 하지만.)

게다가 허리에 가운 띠를 매는 순간에 차가운 도시 여자의 느낌적인 느낌을 가져볼 수도 있다. 옷장에 샤워가운을 둘 데가 없다고? 결국 어질러질 게 뻔하다고? 걱정 마시라. 다이소에 가면 방문에 끼우는 옷걸이를 살 수 있는데, 욕실 문에 끼워두고 거기에 샤워가운을 걸어두면 된다. 샤워를 하고, 샤워가운을 입은 다음 1번 추천 아이템 잠옷을 입으면 집순이의 또 다른 하루가 시작된다.

3. 향(香)

인위적인 향을 별로 좋아하지 않아서 음식 냄새 없애는 용으로 잠깐씩 초를 태우기만 했었는데, 친구 집에 놀러갔다가 받은 룸 스프레이 샘플로 생각이 바뀌었다. 운이 좋게도 단번에 내가 제일 좋아하는 향을 받은 덕분에 지금까지도 똑같은 향을 쓰고 있다. 내가 좋아하는 향이 집 안에 퍼지는 건 내 공간에 들어왔다는 안도감을 준다. 그날 이후로 같은 향의 디퓨저를 계속 사서 쓰고 있다. 살 때마다 매번 다른 향의 룸 스프레이도 받아서 여러 가지 향을 시험해 보거나 친구들에게 선물한다. 향이 퍼지는 따뜻한 느낌 자체를 원한다면, 캔들 워머를 추천한다. 그렇다, 향을 안 좋아한다더니 디퓨저에 캔들 워머도 샀다. 캔들 워머는 초를 끄지 않고 출근했다가 등줄기가 서늘해졌던 경험이 있는 나 같은 사람이 쓰면 좋은 아이템이다. 전셋집이 타버렸을 땐 어떻게 해야 하는지 검색하며 택시를 타고 집에 돌아가는 경험을 하지 않을 수 있어서 좋고, 간접 조명으로도 쓰기 좋다. 밤에 캔들 워머와 스탠드를 켜두고 있으면, 세상 아늑한 느낌이 든다.

이 글을 쓰고 있는 동안, 나의 크리스마스 선물이 바다를 건너고 있다. 아직 택배 박스를 열어보지도 않았는데 블루투스 스

피커가 얼마나 내게 필요했던 물건인지 알 것만 같다. 나에게,
메리 크리스마스.

그래서, 잘 살고 있습니다

집을 기억하는 일

곧 이사를 간다. 혼자 하는 세 번째 이사다. 계약된 기간을 2개월 정도 못 채우고 나가게 되었다. 집주인은 기간을 못 채우고 나가는 내가 부동산비를 내게 된 게 너무 기쁜 듯 잘됐다고까지 했다. 서운해했으면 나도 어리둥절할 뻔했으니, 납득은 쉬웠다. 그리고 전셋값을 2천만 원 더 올렸다. 2년이 안 된 사이 집은 더 낡았지만, 돈은 더 올랐다. 그 탓인지 집을 내놓은 지 몇 주째 보러 오는 사람 하나 없이 여름을 나고 있었다.

이런저런 사정과 상관없이, 나는 이 집을 아끼고 사랑한다. 내 집도 아닌 집을 아껴서 뭐하나 싶지만, 이 집은 따뜻했고, 고요해서 나와 좋은 짝이 되어주었다. 이 집에서 비로소 나는 평안했다. 모든 게 온전히 내 것이고, 제자리에 있다는 느낌이 든 첫 번째 집이었다. 이 집을 기억에 남기고 싶었다. 어떤 감정들은 소중하지만 어쩔 수 없이 잊히니까. 물리적인 무언가가 남았으면 했다. 그래서 평소의 나라면 절대 하지 않을 일 하나를 하게 되었는데, 전문 사진작가에게 사진을 '찍히는 일'을 신청한 것이다.

김보리 작가의 〈사진 찍어 줄게요〉 프로젝트는 의뢰하는 사람의 집에서 의뢰인의 사진을 찍어준다. 누군가가 사는 공간을 찍는다는 것, 그리고 그 모습이 자연스럽게 담기는 게 기억에 남았다. 이제 이 곳을 떠나야 한다는 애틋한 마음에 신청을 하고, 한동안은 그 사실을 잊고 지냈다. 그러다 점점 촬영일이 다가오면서 애초에 이 일을 시작한 나 자신과, 그 많고 많은 날들 중 이 날을 택한 나 자신과, 그러니까 원망할 수 있는 모든 나 자신을 원망했다. 사진이라니. 셀카는커녕, 친구와 여행 갔을 때나 몇 번 찍는 사진이 전부인데, 전문 사진작가가 찍는 사진이라니. 날짜는 다가왔고, 촬영은 다음 날 오전 9시였다. 하필 생리라니! 생리 주기는 생각도 하지 않고 날짜를 대강 정했다. 이 뜨거운 2018년의 한여름이라니! 사진으로 제일 담고 싶었던 작은 방은 에어컨 바람이 닿지 않아 들어가기도 싫었다. 그래도 작가님이 내일 오니, 오늘은 집을 치워야 했다. 내가 가장 마음에 드는 방식으로 집을 치웠다. 그리고 다음 날이 되었다.

아침 8시에 일어났다. 이제 한 시간밖에 남지 않았고, 정말 되돌릴 수 없었다. 작가님은 칼같이 9시에 도착했다. 문을 열어드리고, 어쩐지 대치 상태처럼 서 있는 내게 작가님이 말을 건넸다.

"신청하신 분의 98%는 신청한 걸 후회하고 계시더라고요."

"와, 정말요? 저도 사실 후회하고 있었거든요. 그리고 전 평소에 사진을 안 찍어서 너무 어색해요."

"사진을 평소에 많이 찍으시는 분들은 이걸 신청 안 하세요."

작가님의 말에 마음이 한결 편안해졌다. 세 시간 동안 작가님과 강아지, 부동산, 사진, 동네 등의 이야기를 하며 사진을 찍었다. 침대에 앉고, 의자에 앉고, 냉장고에 기대고…. 내가 남기고 싶었던 집의 부분 부분이 카메라에 담겼다.

작가님은 어릴 때 엄마가 집에서 찍어준 사진이 마음에 들어 이 프로젝트를 생각하게 되었다고 했는데, 내가 좋아하는 어릴 적 사진들도 그런 것들이다. 멋진 곳에 가서 찍은 사진들이 아니라, 눈이 펑펑 내려서 아파트 앞 화단에서 눈사람을 만들다 찍힌 사진, 내가 좋아하던 살구색 옷을 입고 마당에서 할아버지와 나란히 서서 찍은 사진, 러닝셔츠만 입은 아빠가 방에서 동생을 안고 찍은 사진….

세 시간 동안 찍은 사진들이 이 집을 계속 기억하게 해줬으면 좋겠다. 남의 집에 대한 순정을 굳이 남겼고, 1주일 후에 사진을 받았다. 가장 익숙한 장소에 서 있는 내가 너무 낯설었다. 내가 이렇게 생겼었나. 웃고 있는 모습도, 가만히 있는 모습도, 오래 보아야 내 모습 같았다. 작가님이 찍었던 다른 사진들처럼 사진 속의 나와 집은 잘 어울리는 모습이었다. 그중 마음에 드는 한 장을 골라 냉장고에 자석으로 붙여두었다. 이젠 오래도록 이 집을 기억할 수 있을 것 같다.

좋은 일이 많을 거예요

전셋집을 내놨다. 전세 기간을 채우지 않고 나가는 이사라 내가 직접 부동산에 찾아가 전세를 내놨는데, 딱 한 군데, 전에 계약했던 그 부동산에만 얘기했다. 굳이 다른 데도 연락을 해야 하나? 내 집을 너무 사랑한 나머지 자신감이 넘쳤다. 이 집을 안 보면 모르겠지만, 보고도 계약을 안 할 순 없지. 과연… 안 보러 왔다. 이유를 모를 일이었다. 그때서야 나라도 홍보글을 어딘가에 올려야 하나 싶었다. 집 구하는 커뮤니티나 앱에 집을 올리는 건 너무 무차별적인 노출 같았다. 이렇게 훌륭한 집이 그렇게까지 노출되어야 할까? 우선 내 SNS에 올리는 게 좋을 것 같았다. 새시가 좋아서, 겨울에 따뜻해요. 햇볕이 잘 들어요. 구조가 좋아서 집이 넓게 느껴져요. 싱크대가 깨끗해요. 집을 깨끗하게 써서 괜찮을 거예요. 큰길가라서 위험하지 않을 거예요. 욕실 바닥에도 보일러가 들어와서 좋아요. 아직 잊지 못한 전 애인도 이렇게 아련하게 설명하진 못할 것 같다. 하지만 분명 단점들도 있는데, 그건 어떻게 설명하지? 사실은 정말 사소한 단점인데, 괜히 나빠 보이면 어떡하지? 나는 어느새 역에서 도보 20분 거리의 집을 '뛰어서'를 생략하고 5분이라고 적는 부동산처럼 변해가기 시작했다. 실제로 우리 집을 계약할 때, 분명히 지하철역에서 도보 5분이라고 쓰여 있었다. 2년이 지난 지금 나는 단 한 번도 지하철역에 5분 안에 간 적이 없다.

이런 나의 고민을 듣고 주변 사람들은 의아해했다.

"부동산을 여러 곳에 내놓으면 되잖아?"

아, 그렇구나. 요즘 전세 찾는 사람이 없다는 부동산의 말만 믿고 다른 부동산은 찾아볼 생각도 하지 않았다.

'이번 주 토요일에는 꼭 다른 부동산에 가야지.'

결심하고 집을 나섰다. 첫 번째로 들어간 부동산 사장님은 우리 집 전세 이야기를 듣자마자 상담을 받고 있던 부부에게 "이 집 보러 가면 되겠네!"라고 이야기했고, 나도 "지금 가실래요?"

라는 말이 절로 나왔다. 부부는 집을 마음에 들어 했다. 내가 원했던 반응이었다. 흡족했다. 내가 좋은 점을 말하기도 전에 그들이 마음에 드는 점을 더 많이 발견했다.

'이 사람들, 나보다 더 이 집을 칭찬하고 있잖아!'

빛이 너무 잘 들어서 좋다는 말에 결국 내가 "부엌 쪽은 좀 어둡긴 한데요…"라고 초를 쳤다. 부동산 사장님이 내 등짝을 때렸어도 이해할 수 있는 상황이었다. 하지만 부부는 채광이 좋다며 내 말은 듣지도 않았다. 다행이었다. 우리 집을 본 부동산은 흥분해서 이틀 안에 집을 빼주겠다고 했다. 그날 오후만 네 팀이 우리 집을 보고 갔다. 집 칭찬을 하면 나도 모르게 흐뭇해져서 입꼬리가 올라갔다. 지금 집을 나가게 하겠다는 건지 집 자랑을 하겠다는 건지. 결국 처음 보고 간 부부가 그날 저녁 계약을 하겠다고 연락해왔다.

원래도 내 집이 아니었지만, 이젠 정말 내 집이 아니다. 새로 이사 올 부부의 설레는 얼굴을 보며 난 이 사람들이 이 집에 있는 시간을 생각해봤다. 잘 어울릴까? 잘 어울릴 것 같다. '그래도 나만큼은 아닐걸' 하는 유치한 생각이 들었다. 하지만 그게 다 무슨 소용이란 말인가. 벽지를 새로 하면 좋을 텐데. 내가 이사 올 때도 이미 낡아 있었던 벽지는 이미 군데군데 떨어졌다. 넌지시 벽지를 새로 하시면 좋을 거라고 했지만, 부부는 지금도 괜찮다고 했다.

우리 가족 모두가 살던 곳을 떠나 경기도 언저리 아파트로 이사를 가던 날이 생각났다. 나는 그래도 큰딸이라고 부동산에서 엄마 옆자리에 앉아 있었다. 부동산에서 일어나는 일은 '어른의 일'이니까, 정말 앉아만 있는 것뿐이었는데, 분위기는 모두의 것이라 부동산 안의 아슬아슬한 분위기가 내게도 고스란히 전해졌다. 계약을 가운데 두고 이런저런 이야기가 오가는 공기가 무거웠다. 집주인과의 대화 중에 우리 가족이 아무 연고도 없는 곳으로 이사 올 예정이라고 하자, 집주인은 딱하다는 표정으로 "아니, 어쩌다 여기까지 오셨어요"라고 내뱉고 말았다. 아슬아슬했던 분위기는 걷잡을 수 없이 가라앉았다. 헤어지는 순간, 집주인은 우리에게 이 집에 산 사람들 모두 좋은 일이 많았다고, 다 잘 되어서 나갔다고 사과 섞인 위로를 건넸다.

"좋은 일이 많을 거예요."

그 마지막 말이 아직 기억에 남는다. 좋은 일이 많았다. 어떤 일이 그 집 덕인지 모르겠지만 1층 화단에 모여들어 밥을 먹던 예쁜 고양이들은 확실히 그 집의 좋은 일이었다. 내가 집주인은 아니지만, 다음에 내 집에 올 사람에게도 이 말을 전해주고 싶다.

"좋은 일이 많을 거예요. 저도 여기서 좋은 일이 참 많았어요."

동네 친구 있으세요?

첫 번째 동네로 이태원 보광동을 선택한 건 동네 친구 때문이었다. 아는 사람이 한 명도 없는 동네는 아무래도 싫었다. 자주 놀러가던 현진 언니 집이 있는 보광동이 좋아 보였다. 회사와도 가깝고, 무엇보다 동네 친구가 있었다. 처음 이사 갈 땐 옆집이 아니었지만, 언니가 동네 안에서 집을 옮기면서 우리는 큰길가를 이웃한 옆집 친구가 되었다. 아무렇지도 않게 모든 요리를 뚝딱 하는 언니는 나에게 장 보는 법도 가르쳐주고, 동네에 괜찮은 맛집들도 알려줬다. 언니가 말해준 대로 돼지고기를 소분해 냉동실에 넣었고, 시장 골목 안 국수만 파는 작은 가게도, 외국인 가족이 꾸려나가는 햄버거 가게도 알게 되었다. 무엇보다 집에 무슨 일이 있을 때 부를 수 있는 사람이 근처에 있다는 것이 든든했다. 불면증이 찾아왔던 어느 날은 언니 집 바닥에 누워서 잠을 청했다. 맨날 자던 내 방에서도 오지 않던 잠이 남의 집에서 올 리 만무했지만 저기 누워 있으라며 자리를 내주는 사람이 곁에 있어서 조금 안심했다. 많이 사버린 과일, 혼자 마시기 싫은 맥주, 아침부터 나가서 사온 커피, 나는 작은 핑계라도 생기면 언니 집에 가서 언니의 작은 식탁에 앉았다. 동네 친구가 많은 언니 덕에 나도 어느새 동네 친구가 하나 둘 늘어났다. 이태원은 동네 친구가 아니어도 놀러오는 친구들이 많았고, 모든 약속 장소를 이태원, 경리단길, 한남동으로 정하는 뻔뻔함이 늘었다.

이태원을 떠나기로 결심했을 때, 다음 집도 동네 친구가 있는 곳으로 하고 싶었다. 연신내에는 하나라는 이름의 친구가 있었다. 하나는 어릴 적 같은 동네에 살던 초등학교 친구인데, 우리는 돌고 돌아 다시 동네 친구가 되었다. 열두어 살의 나는 나보다 키가 몇 뼘은 크고 성숙했던 하나를 올려다보며 함께 집에 가곤 했다. 초등학생의 우리에게 '너희는 30대 중반에 다시 같은 동네에 살게 된단다'고 말해줬다면 그때의 우리는 뭐라고 했을까. 30대가 뭐냐고 물었을까?

하나는 이사 온 날, 보일러가 들어오지 않던 우리 집에 와줬고, 그녀가 좋아하는 동네 식당에서 함께 밥을 먹었다. 추운 겨울이었는데 하나는 동네를 돌면서 어디에 뭐가 맛있는지 하나하나 알려줬다. 솔직히 나는 너무 추워서 원조 쭈꾸미집이고 뭐고 집에 가고 싶었지만, 친절한 동네 친구는 지치지 않고 나를 인도했다. 어찌나 많이 알려줬는지 거의 2년이 지난 지금도 안 가본 곳이 있다. 하지만 하나 덕분에 이 동네가 낯설지 않았다. 하나는 여행사에 다니기 때문에, 1년의 대부분을 해외 출장으로 보낸다. 나는 이 동네에 친구가 거의 없지만 하나는 아주 많기 때문에 하나의 스케줄에 맞춰 가끔 그녀를 만난다. 부지런하고 씩씩한 하나는 매일 무언가를 열심히 하고 있어서 지구 어디에 있어도 힘이 된다.

특별한 동네 친구도 있다. 이태원에서도 동네 친구였는데, 연신내에서도 동네 친구인 소라. 소라와는 1년에 두어 번 만날 뿐이지만, 나의 빈약한 동네 친구 리스트에 아주 큰 비중을 차지한다(두 명 중 한 명이면 절대적인 비중이니까!). 소라는 초배라는 귀여운 강아지를 키우고 있는데, 이태원에 살던 소라가 강아지를 키운다고 했을 때 나는 무척 흥분했다. 동네 친구에 동네 친구 강아지라니. 초배와 동네를 산책하는 상상만으로도 좋았다. 만나기도 전에 이미 산책 코스도 정해놓았다. 녹사평역에서 삼각지역까지 이어진 길은 나무가 많고, 걷기도 좋다. 하지만 예상과 달리 초배는 나를 경계하다 못해 싫어하는 기색이었고, 겁이 많아 집 밖으로 나가는 걸 좋아하지 않았다. 소라는 그런 초배를 어떻게든 만지려는 사람들에게 지쳐 있었으므로, 나는 조용히 관심을 거뒀다. 혼자 있어야 힘이 나는 사람이 있고, 누군가를 만나야 힘을 얻는 사람이 있듯이, 강아지도 다양한 성격이 있다는 걸 알게 되었다. 그 이후로 인스타그램으로만 초배를 만나며 하트를 누르고 있다(우리는 또 같은 동네에 살고 있단다, 초배). 강아지 친구까지 있는 연신내를 떠나면, 이제 정말 동네 친구가 한 명도 없는 곳에 간다. 동네를 고르는 단 하나의 원칙을 깨버린 셈이다.

가장 자주 연락하는 친구들과 사대문을 중심으로 가장 멀리 점을 찍은 곳들에 살게 되었다. 각자의 직장과 여러 가지 사정들로 점점 멀어지고 있는데, 언젠가 사대문 안에 함께 사는 동네 친구가 되자고 다짐했다. 그때가 언제일지 아직은 모르지만, 함께 광화문을 걷고, 교보문고에서 책을 사서, 동네로 돌아가는 길에 커피를 마시는 중년 혹은 노년을 보내고 싶다. 그 전에는 이사 가는 동네에서 동네 친구를 사귀어야 한다. 관심 있는 친구들의 많은 지원, 혹은 이사 바랍니다.

집순이라 미안합니다

어느 애매한 여행 작가의 고백

굳이 집순이라고 밝히지 않아도, 이제는 사람들이 내 얼굴만 봐도 집에 있는 걸 좋아할 것 같다고 한다. 친구가 없게 생겼다는 뜻일까. 어쨌든 사실이니까 용한 점괘라도 들은 것처럼 맞장구를 친다.

혼자 있는 시간이 좋다. 가족들이 모두 나간 휴일에 혼자 소파 위를 뒹굴뒹굴하며 행복해하던 중학생이 자라서 지금의 내가 되었으니 당연한 일인 것도 같다. 혼자 살기 시작하면서 자연스레 혼자 있는 시간이 늘어났다. 나 혼자 밥을 먹고, 나 혼자 영화를 보고, 나 혼자 노래하는 게(사랑하는 걸그룹 시스타의 명곡 〈나혼자〉에서 발췌, 실제로 노래를 하진 않는다) 슬프지 않고 편안하다. 지금도 집에서 혼자 '혼자가 즐겁다'고 글을 쓰는 완연한 집순이가 되었다. 여기까진 평범한 집순이의 삶이다. 하지만 처음 보는 사람들 말고, 나를 아는 사람들과 이야기할 때는 약간의 문제가 생긴다. 왜냐하면 내가 이전에 여행 책을 썼기 때문이다. 그것도 남미 5개국을 다녀와서 말이다.

남미는 정말 아름다웠고, 특히 백수 시절이었기에 더욱 즐거웠다. 다녀와서 책을 쓰는 것도 재미있었고 많은 지인들이 응원해주며 자기 일처럼 기뻐해줬다. "이제 여행 작가가 되는 거야?"라는 질문도 정말 많이 받았는데, '여행 작가'란 무엇일까. 이미 여행 책을 썼으니 여행 작가가 된 것인지, 아니면 회사를 그만두고 계속 여행을 다니며 글을 써야 여행 작가가 되는 것인지, 어디선가 자격증을 발급해주는지 알 수 없었다.

아무래도 사람들의 기대 속의 여행 작가는 회사를 그만두고 계속 여행을 다니는 '전업 여행 작가'인 것 같았다. 나로서는 전혀 그럴 생각이 없었기 때문에, 회사를 성실히 다니며 기대를 배반했다. 사람들이 집요하게 나의 탈선을 바란 건 아니지만, 눈을 빛내며 다가와 "여행 작가면 또 떠나시겠네요?"라고 묻는 기대를 저버리는 건 아주 즐거운 일은 아니었고, 조금은 곤란했다.

'제가 여행 출판계의 지각 변동을 일으켜 제2의 한비야가 된 것도 아니잖아요!'라고 마음속으로 외쳐봤자 내 속만 쓰릴 뿐이었다.

회사를 다니는 것과 여행을 다니는 것은 누구나 그렇듯이 함께할 수 있는 일이다. 남미 여행을 가기 전이나 지금이나, 보통의 직장인처럼 1년에 한두 번 휴가 때 여행을 가고 있다. 이제는 그마저도 귀찮을 때가 있고 웬만하면 집에 있고 싶다는 말을 속으로만 하고 있다. 여름에 덥다고 하면 "가마안히 있어봐, 시원해"라고 말씀하시는 우리 할머니처럼 한마디하자면, 여러분, 집에 가마아아안히 있어보세요. 충분히 재밌습니다. "슬슬 나가고 싶지 않으세요?" "역마살이라는 게 있다던데." 마치 내 안에 들어 있는 흑염룡 같은 무언가가 깨어나서 다시 아프리카든 남극이든 갈 것 같다는 환상을 가진 사람들에게 저렇게 다정히 할머니의 지혜를 힌트 삼아 말하면 된다. 그런데 가끔 어리둥절해지는 말을 들을 때도 있다.

"혼자니까 훌쩍 떠날 때 책임질 사람도 없고, 좋겠어요."

훌쩍 떠난다고 한 적도 없는데 이미 내가 봇짐이라도 싼 것처럼 말하는 것도 그렇지만, 책임질 사람이 없다뇨. 저는 혼자라서 저를 책임져야 한다고요. 제가 아니면 누가 저를 위해 돈을 벌고, 입히고, 먹이고, 재운단 말입니까. '1인 가구家口'라는 말을 많이 쓰지만 많은 사람들이 그게 정말 '가구'라고는 생각하지 않는 것 같다. 언제든 부서질 수 있는 임시적인 상태라고 생각하나 본데, 그건 어느 가정이나 마찬가지다. 혼자 사는 사람의 사정이라고 간단하지는 않다. 하루하루의 노동으로 살아가는 성인을 단지 혼자 산다는 이유로 어딘가 미성숙한 존재로 여기는 납작한 생각은 1인 가구가 설 자리를 더 좁고 위태롭게 만든다. 많은 사람들이 로또가 당첨이 되어 어디론가 홀연히 사라지는 환상을 가지고 있는데, 저에게만 당첨된 로또 한 장도 없이 사라지라니 너무하지 않습니까. 오늘도 내 가구에는 나밖에 없으니까, 이 가정의 가장은 나니까, 집을 살피고 가꾸고 어지르고 치운다. 아무튼 이런 성실한 집순이라 미안합니다. 지금은 집이 좋아요.

내가 제일 좋아하는 시간

1주일 중 사람들이 제일 좋아하는 시간은 어떤 모습일까. 그 시간이 월요일 출근길인 사람은 없겠지? 내가 제일 좋아하는 시간은 점심 약속이 없는 주말, 느지막이 일어나서 브런치에 가까운 아침식사를 하는 시간이다.

눈을 뜨고 이불 속에서 휴대폰을 들여다본 지는 오래됐지만, 일어났다고 보기는 애매한 시간을 충분히 보내고 마침내 정말 몸을 일으켜서 일어나기로 결심한다. 침대에서 일어나자마자 햇빛이 들어올 수 있게 블라인드를 걷어올린다. 블라인드를 열 때 햇빛이 촤라락 쏟아지는 날이면 '아, 역시 인터넷 최저가로 원목 블라인드를 사길 잘했어' 하는 생각이 든다. 침대를 정리한다. 아직도 정확한 용도를 모르겠지만, 서양식 침구 정리법을 따라 베개 두 개, 쿠션 두 개를 보기 좋게 놓는다. 나에게 선물한 블루투스 스피커로 음악을 튼다. 좋아하는 케이팝을 틀고, 미세먼지 앱으로 미세먼지 농도를 확인해 '맑음'이면 부지런히 창문을 열어 환기를 시킨다.

방에서 나서자마자 바로 부엌이 시작된다(비유적인 표현이 아니라, 정말 문을 열자마자 부엌이다). 아침 메뉴는 항상 게스트 하우스 조식 스타일이다. 샐러드를 만들고, 베이컨을 굽고, 달걀을 꺼내고, 빵을 토스터기에 넣는다. 후식으로 먹을 과일이나 요거트도 꺼낸다. 전기포트에 물을 끓인다. 커피는 드립백 커피를 마신다. 스타벅스 오리가미 드립백이 제일 맛있는 대신 비싸고, 이마트 노브랜드의 드립백은 제일 싸고 그에 알맞은 맛이 난다. 둘 다 사놓고 그날그날의 절약 정신에 따라 선택한다. 드립백을 컵에 걸쳐놓고, 뜨거운 물만 부으면 되는데 전기 포트를 들고 물을 부을 때는 카페에서 핸드드립을 하는 바리스타가 된 느낌이다. 무릎 나온 줄무늬 무인양품 잠옷을 입고 나의 작은 부엌에 서 있지만, 마음만큼은 카페에서 빳빳하게 다려진 흰 셔츠를 입고 향을 머금은 커피를 내리고 있다. 커피까지 내리면 모든 준비가 끝난다. 그렇게 한상을 차려서 나의 유일한 밥상이자, 책상이자, 거의 모든 것인 좌식 테이블 위에 올려놓는다. 자, 이제 중요한 시간이다. 아침식사를 함께할 책이나, 넷플릭스나, 유튜브 중 하나를 선택한다. 오늘의 식탁에는 몇 번째 다시 읽고 있는 엘리자베스 길버트의《빅 매직》을 놓았다. 그리고 제일 좋아하는 시간을 사진으로 남기는 게 의미가 있지 않을까 싶어 기록용으로 사진을 찍어둔다. 누가 봐도 되겠다 싶은 사진은 인스타그램에 올리고, 이건 그냥 생존용 식탁에 가깝지 않나 싶은 사진은 휴대폰에 그냥 넣어둔다.

자, 이제 아침식사를 시작한다! 이게 꼭 혼자 살아서 가질 수 있는 시간인지는 모르겠지만, "혼자 살면서 언제가 제일 좋냐"는 질문을 다시 받는다면 지금 이 순간을 꺼내서 답하고 싶다.

그럼 애는 누가 봐요?

이 질문을 나도 해버렸다. 친구와 평일 저녁에 만나서 꺼낸 이야기였다.

"애는 누가 보고 있어?"

내가 묻자마자 친구가 웃었다.

"왜, 내가 애를 버렸을까 봐?"

갓난아기를 내 친구가 없을 땐 누가 보겠나, 당연히 남편이 보겠지. 이 당연한 이야기를 나까지 묻고 있었다. 그동안 독박육아하는 친구들을 너무 많이 지켜봐서라고 변명하기에도 적절하지 않은 질문이었다. 이런 질문을 사람들이 얼마나 자주하는지, 《그럼 애는 누가 봐요?》라는 독립출판물까지 나왔다. 작가는 결혼하고 아이를 낳으면서 겪은 부조리한 일들을 유머러스하게 들려주는데, 혼자 외출할 때마다 가장 자주 듣는 질문, "그럼 애는 누가 봐요?"는 들으면 들을수록 이상하고 불편하게 느껴진다고 했다.

일본인 친구가 한국에 놀러왔다. 아들과 남편을 두고 왔는데, 이번 여행을 위해 친구는 한국어 수업을 1년 넘게 들었다. 한국에서 해보고 싶은 게 많다고 했다. 우리 집의 작은 방을 내줬고, 친구는 1주일 정도 머물렀다.

"아이도 다 컸고, 남편이 돌보면 되니까 내가 집에 없어도 아무 문제 없는데, 주변 일본 친구들이 나보고 나쁜 엄마, 나쁜 아내래. 농담처럼 말하긴 했는데, 기분이 나빴어."

친구는 제일 먹고 싶었다는 삼겹살을 먹으면서 말했다. 그나마 자긴 나쁜 엄마라는 소리를 들으면서 여행을 갈 수라도 있지, 다른 일본인 친구들은 엄두도 못 내는 일이라고 했다. 아마 그건 우리나라도 비슷할 것이다.

2년 전 포르투갈 여행을 결혼한 친구와 둘이 떠났을 때 그랬다. 여름의 리스본은 그림처럼 아름다웠다. 사람들에게 친구와 함께할 여름휴가 계획을 이야기할 때마다, "역시 싱글들은 좋겠다"는 말이 따라붙었고, 나는 그때마다 함께 가는 친구는 결혼을 했다고 정정했다. 나는 그저 사실을 말했을 뿐인데, 더 많은 질문이 쏟아졌다. 친구의 남편이 이 여행을 허락했는지, 친구는 남편과 휴가를 안 가는지 등등 내 남편도 아닌 친구 남편에 대해 이렇게까지 설명을 해야 하는데, 친구는 얼마나 많은 질문을 받았을까. 나로서는 친구가 결혼을 한 것보다 그녀가 낮부터 와인을 마실 수 있는 애주가라는 게 더 중요했는데. 친구와 나는 여행 내내 싸고 맛 좋은 포트와인을 마시고, 걷고, 웃었다.

결혼하면, 특히 아이를 낳으면 여자들의 우정이 끝이라는 말이 싫다. 그 말을 독박육아의 장본인이 말할 때면 특히나 마음이 아프다. 결혼이나 육아가 혼자 사는 친구와의 우정의 종말을 뜻하지 않는다고 믿는다. 최근 아이를 낳은 친구와 친구가 회사를 그만두고 시작할 새로운 일에 대한 이야기를 나눴다. 30대에도 진로가 가장 큰 고민일 줄 20대였던 우리는 몰랐다.

일본인 친구와는 주말 아침, 영상통화로 안부를 묻는다. 친구는 열심히 배운 한국어를 연습해보고 싶어 하지만, 쉽지는 않단다. 제일 잘하는 말은 "배불러", "배고파", "미쳤어?(드라마에서 배웠다고 한다)" 등이다. "나도 일본어를 배워볼게"라고 새해

첫 주 호기롭게 말하고 일본 드라마 몇 회를 보다 그만뒀다.

포르투갈 여행을 다녀온 친구와는 올해 봄에 지리산 여행을 다녀왔다. 지리산 자락에 안겨 있는 멋진 한옥 숙소에서 묵었는데, 옆방에는 여자 친구들끼리 여행온 40대 여행자 네 명이 묵었다. 오랜만에 함께 여행을 왔다며 쉬지 않고 이야기를 나누며 웃었고, 우리도 함께 웃었다.

서울에서 혼자 살고 술은 좀 해요

* 제목은 2018 한국일보 신춘문예 시 부문 당선작 '제주에서 혼자 살고 술은 약해요'에서 따왔습니다.

요즘 혼자 하는 일 중에 유행이 아닌 게 있나. 혼술, 혼밥은 이제 트렌드라고 말하기도 머쓱한 무엇이 되었다. 집 밖에 안 나가고, 술을 좋아하는 사람에게 혼술은 필연적인 선택이다. 술을 마셔야 할 이유는 너무나 많고, 바쁜 현대 사회에 사는 우리들이 매번 친구를 불러낼 수는 없는 일이다.

편의점에서 하는 네 캔에 1만 원 행사는 얼마나 사랑스러운가. 집에 가는 길, 편의점에 들러 신중하게 네 캔을 고른다. 매번 고민에 잠기지만 고르게 되는 맥주는 엇비슷하다. 대개 기네스와 기린을 두 캔씩 사서 냉장고에 넣어둔다. 그리고 '이건 그냥 먹기엔 너무 아깝다!' 싶은 저녁 메뉴에 반주로 한 캔씩 곁들인다. 기네스를 마실 때는 기네스 전용잔에, 기린을 마실 때는 일본 맥주잔(기린 전용 맥주컵은 아직 없다)에 따르는 섬세함도 잊지 않는다. 그런 저녁을 보낼 때는 책을 읽기도 하고, 넷플릭스나 유튜브로 영상을 본다.

나는 술을 마실 때 유쾌한 사람들을 좋아한다. 나도 그런 사람이 되고 싶어서, 기분이 안 좋을 땐 별로 마시고 싶지 않다. 좋은 일이 있을 때, 나에게 주는 상처럼 맥주를 한 캔 딴다. 아주 작은 일도 '기분 좋은 일'이 된다는 게 어쩐지 스스로를 속이는 것 같지만. 최근 주말에는 날씨가 갑자기 봄이 된 기념으로 한 캔 마시고, 낮잠을 잤다. 좋은 오후였다.

와인도 안 마실 수 없다. 혼자서 저녁을 먹으며 한 잔 마시는 와인이라니, (한 번도 가본 적 없는) 파리 샹젤리제 거리가 내 곁에 성큼 다가오지 않는가. 와인 오프너도 힘 들어가지 않는 좋은 걸로 하나 사고, 비싼 와인 잔도 선물받았다. 그런데 역시 파리에 가보지 않아서인가. 와인 한 병을 비우는 일은 그렇게 기쁘

지 않았다. 와인은 역시 여럿이 모여서 안주도 준비하고, 시끌벅적하게 여러 병을 비우는 기분으로 마시는 게 더 좋았다. 혼자서 끝내야 할 숙제처럼 와인병을 바라보고 싶지 않아서, 이제 와인은 혼자 마시지 않는다.

위스키도 사봤다. 영화 〈킹스맨〉 테이블에 앉은 기분으로 위스키를 마셔볼까 싶었다. 면세점에서 위스키를 한 병 샀다. 위스키 잔과 동그란 얼음이 필요했지만, 아쉬운 대로 사이즈가 작은 맥주잔에 각얼음을 넣어서 마셨다. 맛은 위스키 바에서 마시는 것과 같았지만, 기분이 나지 않았다. 잠옷을 입고 사과머리를 질끈 묶고 마셔서인지, 동그란 얼음이 담긴 위스키 잔이 없어서인지, 위스키 바의 인테리어가 없어서인지, 원인은 이 중에 하나거나 셋 다인 것 같다. 어느 날 집에 놀러 온 친구한테 아직 많이 남은 위스키 한 병을 안겨주고, 위스키도 집에서 마시지 않는다.

그다음은 전통의 맛 막걸리…가 아니라, 맥주로 돌아왔다. 맥주에 대한 사랑을 깨닫기 위해 먼 길을 돌아온 셈이다. 월요일부터 일요일까지 맥주를 마시는 이유를 담은 기린 맥주 CF가 있는데, 월요일은 한 주의 시작이라 마시고 수요일은 벌써 1주일의 반이나 지나서 마시고, 토요일은 주말이 하루나 더 남았다고 마시고, 정말 핑계 대지 못할 날이 하루도 없는데, 그때마다 여자 모델이 산뜻하게 혼자 마시는 게 마음에 들었다.

"축배를 들자!"고 여러 사람에게 말할 만한 일은 살면서 그다지 자주 있지 않지만, 나 혼자만의 축배는 언제든지 들 수 있다. 오늘은 어찌 된 영문인지 미세먼지가 '맑음'이다. 환기를 시키고, 축배를 들자! 이번 주는 운동을 세 번이나 갔다. 내가 아니면 이 성실함을 누가 알아줄 것인가. 축배를 들자! 아보카도 명란 덮밥 같은 요리를 해내다니, 이러다 요리왕이 되겠군. 축배를 들자! 이렇게 그럴싸하지만 누구에게 말하기는 애매한 이유를 들어가며 매번 축하연을 벌이고 있다. 혼자 술을 마시고 싶다고? 그것으로 이미 충분하다. 이제 이유만 만들면 된다.

피자를 먹은 날엔 달리기

올해의 건강 검진을 다녀왔다. 매년 건강 검진을 받고 있다. 건강 검진 센터에 가서 문진표를 작성할 때 모든 문진에 성실하고 솔직하게 작성하다가도 '술을 얼마나 자주 마십니까?'와 '숨이 찰 정도의 운동을 얼마나 자주 합니까?' 이 두 문항에서 멈칫하게 된다. 필라테스를 1주일에 두 번 가니까, 두 번이라고 할 수 있지 않을까. 그런데 매번 숨이 찰 정도의 강도였나? 그 정도는 아닌 것 같은데. 그래도 두 번이 맞겠지. 술은 한 번에 맥주 한 캔인데, 이번 여름엔 좀 자주 마셨나. 1주일에 한두 번도 안 마시는데…. 술을 좋아하는 사람들 중엔 내가 제일 조금 마시지. 많은 고뇌 끝에 운동은 그럭저럭 솔직히 쓰고, 술은 조금 줄여

쓴다. 문진표를 작성하고, 검사복으로 갈아입으면 건강 검진이 시작된다.

대형 건강 검진 센터에서 이루어지는 건강 검진은 한국표 효율성의 정수다. 환자들이 단 1분도 헛되이 보내지 않도록 각자 팔목에 목욕탕 키처럼 생긴 인식 장치를 두르고, 바쁘게 움직이며 항목별 검사를 진행한다. "3번으로 가세요." "6번으로 가세요." "여기 줄이 기니까 8번 먼저 가시겠어요?" 시력 검사를 하고, 몸무게를 재고, 피를 뽑고, 청력을 검사하고…. 부산하게 움직이다가 결국 한 곳에 모여 한참을 기다리게 된다. 초음파 검사실 앞이다. 지금까지 1분도 허비하지 않고 달려온 사람들은 초음파 검사실 앞 대기실에 무력하게 앉아 있다.

검사실 안에서도 끈기와 인내가 필요하다. 가만히 몸을 내주고 누워서 선생님과 기계가 내 몸을 두고 알 수 없는 교감을 나누는 것을 두려운 눈빛으로 관찰하는 시간이다. 선생님이 '기계가 읽어낸 내 몸 안의 무언가'를 확인하고, 그곳을 확대하거나, 표시하면 불안감이 엄습한다. 어떤 병의 징후를 읽어낸 걸까? 아, 역시 운동을 너무 안 해서일까? 아니야, 작년에도 저런 심각한 표정이었는데 괜찮았잖아. 나는 매년 초음파 검사 침대에 누워 운동을 열심히 해야지 하는 결심이 아니라 내가 죽게 된다면 뭘 제일 먼저 해야 할까 같은 것들을 생각한다. 선생님이 자기 일을 열심히 하는 동안, 막연한 두려움으로 여러 단계를 뛰어넘어 죽음을 떠올리는 것이다. 한줌밖에 안 되는 내 재산은 누구에게 줘야 할까? 빚도 그만큼 많으니 소용이 없을까? 마지막으로 여행을 간다면 어디가 좋을까? 아니, 여행이 가고 싶긴 할까? 어떤 친구들을 만날까? 그런 질문들에 어렵사리 대답을 떠올리고 있으면 마지막 검사인 위내시경이 기다리고 있다. 처음 검사할 때는 온갖 생각이 다 들었다. 마취가 안 되면 어떡하지? 검사 도중에 마취가 깨는 경우도 있다던데? 중간에 아프면 멈출 수는 있을까? 검사해주시는 선생님이 오면 물어봐야겠다는 생각을 하는 도중에 잠이 들어, 깨어나니 회복실 침대였다. 쉽게 꿀잠을 잔다는 걸 알게 된 후로는 긴장이 조금 줄었다. 올해는 회복실에 있는 나를 흔들어 깨운 간호사 선생님께 "저 조금만 더 자도 될까요?"라고 묻고 좀 더 잠을 청했다. 충분히 자지 못한 기분에 눈꺼풀이 감겼다. 하지만 그곳은 효율성의 정수를 구현해내는 대형 건강 검진 센터다. 얼마 지나지 않아, 선생님은 나를 다시 흔들어 깨웠다.

"다른 분들 쓰셔야 돼서 나가셔야 해요."

이렇게 건강 검진을 끝내고, 결과를 받을 때까지 아무 연락도 없다는 건 좋은 징조다. 굳이 빨리 말해줄 만한 일이 없다는 거니까. 하지만 매년 종이와 이메일로 받는 건강 검진 결과에 쓰인 글자 수가 늘어나고 있다. 작년엔 세 가지 정도의 병을 조심했어야 했다면, 올해는 다섯 가지로 느는 식이다. 나이가 늘어날수록 병의 가능성도 비례해서 늘고 있다. 혼자 사는 친구들과 나중에 함께 모여 사는 즐거운 상상을 하다가 누군가 교외에 집을 짓고 살자는 이야기를 시작하면 서로가 준엄한 얼굴로 가장 중요한 사실을 상기시킨다.

"나이 들수록 병원 가까운 데 살아야 돼."

최근 지인은 '간병인 보험'에 가입했다. 100세까지 건강하길 바라기만 하는 것보다 훨씬 현명한 선택 같다. 실비 보험, 암 보험만으로는 안심할 수 없는 100세 시대의 나의 건강을 지킬 방도는 무엇일까. 모든 걸 책으로 해결하려는 나는 중년에 운동을 시작한 이야기를 담은 책을 최근에 세 권이나 읽었다. 모두가 40대에 운동을 시작해 많은 변화를 겪으며 큰 성취를 이뤄낸 작가들이다. 40대에 시작해도 늦지 않았군. 그렇다면 나는 아직 몇 년 남았네. 이런 한심한 생각으로 저녁 늦게 피자를 먹고 맥주를 마신다. 그러다 괜한 죄책감에 옷을 걸쳐 입고 나가 조금 빠른

걸음으로 동네를 한 바퀴 어슬렁거린다. 오늘은 이렇지만 결국은 병원과 적정 거리를 유지할 수 있도록 더 건강하게 먹고, 살고, 움직이는 방향으로 나아가고 싶다. 그래서 말인데, 요즘은 저녁에 집에서 허브티를 마시기 시작했다. 맥주를 끊은 건 아니지만.

내겐 너무나 상식적인

두 번째 나의 집, 연신내 집으로 이사 온 첫날밤 똑같은 침대에 똑같은 이불을 덮고 잠드는데 무언가 달랐다. 사방이 너무나 조용했다. 이태원 집도 시끄럽다는 생각은 별로 하지 않았는데, 번화한 동네의 큰길가여서 일상 소음이 많았나 보다. 그에 비하면 두 번째 집은 지리산에라도 들어온 것처럼 적막이 가득했다. 작은 빌라라 윗집이나 옆집이 시끄러워도 그러려니 하고 지내야겠다고 생각했는데, 이 작은 집은 저녁이 되면 고요해졌다. 지리산을 생각하며 잠든 첫날 밤부터 난 이 집이 좋아지기 시작했는지도 모른다.

이 집을 좋아했던 이유는 집을 사람으로 치면 내 기준에서 상식적인 사람이었기 때문이다. 정남향이 아니라 햇볕이 내내 잘 드는 건 아니지만 아침이면 적당히 빛이 들었고, 바닥은 새로 한 장판은 아니었지만 어두운 색의 마루라 깨끗하게 쓸 수 있었다. 세탁기를 놓을 수 있는 다용도실이 따로 있었고, 그곳에 보일러도 있었다. 바로 앞에 건물이 없어 창을 마주한 이웃 때문에 불편할 일도 없었다. 외풍이 셌지만, 보일러가 잘 돌아갔고, 가스 요금을 내는 만큼 따뜻했다. 항상 광고지가 쌓이긴 했지만 우편함이 따로 있었고, 친구가 운전해서 오면 주차할 수 있는 작은 주차장이 있었다. 이웃들이 가끔 시끄럽게 계단을 오르내리거나 담배를 피우긴 했지만 크게 불편한 일은 없었다. 이 정도 상식적인 집을 구했던 게 너무 기뻤던 나머지, 나는 친구들에게 계속 우리 동네로 이사 올 것을 권했다. 마지못해 집을 보러 온 친구도 있었지만, 결국 모든 영업에 실패하고 내가 먼저 떠나게 됐다.

이 집의 좋은 점, 나쁜 점을 2년 동안 속속들이 알게 됐는데, 딱히 말해줄 만한 사람이 없었다. 에어비앤비 집주인이 집 사용법을 담은 노트를 남기듯이 이전 세입자가 다음 세입자에게 집이나 동네에 대한 설명이 담긴 문서를 남긴다면 또 모를까. 집주인과 부동산이 말해주지 않는 최후의 진실 같은 것. 이 집의 좋은 점은 살다 보면 쉽게 알 수 있겠지만, 대비가 필요한 단점들도 있으니까. 예를 들면, 사계절 내내 습하니 가습기는 필요 없지만 제습기가 필요할 거라는 조언을 남기고 싶었다. 그래서 언제 어디서 피어날지 모르는 곰팡이를 조심해야 한다는 것. 이 집의 방 하나는 곰팡이 제거제로 곰팡이를 제거했지만, 이삿짐을 모두 빼고 나서야 다른 방에도 곰팡이가 숨어 있었다는 걸 알게 됐다.

동네도 미리 알면 좋을 정보들이 많다. 어느 빵집의 빵이 제일 맛있는지, 샌드위치는 어디서 사야 하는지, 집 앞 카페는 뭐가 제일 맛있는지, 운동을 시작하고 싶다면 어디가 별로고 어디가 추천할 만한지, 맥주 한잔 하기 좋은 곳은 어디인지, 동네에 세탁소가 많지만 그중 추천하고 싶은 세탁소는 어디인지. 옷을 맡길 때마다 이름을 물어보시고는 "이름 참 좋네요"라고 매번 말씀하시는 사장님이 계신 세탁소가 있다. 내 이름을 말할 때마다 백이면 백 그렇게 말씀하셨는데, 그 다정한 말에 나는 매번 처음 들은 것처럼 웃음이 났다. 작은 서점도 생겼다. 니은 서점이라는 인문학 서점은 대학교 은사님이신 노명우 교수님이 만든 곳이다. 지나가다 멈춰 구경하게 되는 이 세련되고 예쁜 서점에서는 매주 흥미로운 강연이나 북클럽, 낭독회가 열린다. 친절한 직원분이 있는 저렴한 과일가게도 있다. 가끔 멜론 한 통을 3, 4천 원에 살 수 있고, 계절마다 맛있는 과일을 추천해준다.

이런 생각을 하긴 했지만, 보통의 세입자답게 아무 흔적도 남기지 않고 말끔히 이사를 했다. 떠나는 날, 집주인에게 "집이 너무 좋았어요. 덕분에 잘 지냈습니다" 인사를 건넸다. 다음 동네에도 이런 애정을 가질 수 있을까. 집과 동네에만큼은 쉽게 마음을 주고 싶다. 인생의 힘든 날이 올 때 이 집에서 보냈던 따뜻한 순간들로 일어설 힘이 조금 생길 것 같다. 조용하고 다정했던 작은 집아, 안녕.

특별코너

무엇이든 물어보세요

혼자 살기를 고민하고 있는 당신이 궁금해할 만한 질문들을 모아 답을 달아보았다. 이제 혼자 살기 5년 차를 맞이하는 나도 이 세계(?)에서는 풋내기일 뿐이지만, 당신이 고민하는 지점을 지나왔기에 작게나마 도움이 되길 바라며 적어본다.

Q. 제일 걱정되는 건 역시 안전이에요. 혼자 살면 위험하지 않나요?

A. 저도 당신의 안전이 염려됩니다. 전 정말 겁이 많고, 심약해서 항상 걱정하고 있는 부분이에요. 누군가는 호신술을 배우기도 하고, 누군가는 여성 1인 가구를 위한 보안서비스를 신청하기도 하죠. 여러 가지 방법 중 본인이 가장 안심할 수 있는 방법으로 안전

장치를 마련해야 해요. 저는 큰길가에 위치한 집을 구하고, 제 돈을 들여서라도 방범창, 도어락 등의 안전장치를 마련했어요. 뭐든 마음대로 하기가 어려운 전셋집에서는 만 원 정도로 살 수 있는 간단한 새시 잠금 장치를 활용하는 것도 좋아요. 가까운 파출소도 도움이 되겠지만, 언제든지 위험을 느꼈을 때 도움을 줄 수 있는 동네 친구가 큰 힘이 될 거예요. 이 이야기는 다음 질문의 답으로 이어지겠네요.

Q. 어디에 혼자 살아야 할까요?

A. 친구들 곁에. 아는 사람이 있는 곳에서, 혹은 접근성이 좋아서 누구나 만나기 좋은 곳에서 시작하는 걸 추천합니다. 제가 지금 아무도 초대할 수 없는 외딴 곳에 살고 있어서 눈물을 흘리며 하는 말은 아니고요. 일찍 퇴근한 평일 저녁 혼자 밥 먹기 싫을 때, 약속 없는 주말 누군가와 맥주 한잔 하고 싶을 때, 매번 혼자 지나던 동네 골목길이 괜히 으스스할 때, 동네 친구는 항상 당신을 구원할 거예요.

Q. 부모님이 반대하지 않았나요?

A. 저는 드라마틱한 투쟁의 기억이 없어서, 부모님의 반대에 대처

하는 방법은 잘 모르겠어요. 저의 비결은 무엇이었을까요? 부모님이 무언가를 반대하기 머쓱한 나이가 되는 것? 스스로 독립 비용을 마련한 것? 둘 중 경제적인 문제를 해결할 수 없다면, 부모님이 반대하는 독립은 어렵겠죠. 독립생활을 '결혼 전에 임시로 거쳐가는 삶'이 아니라, 새로운 삶의 형태라고 생각한다면 부모님과 더 치열하게 싸우고, 과감하게 실망시킬 수 있지 않을까 생각해요. 그리고 무엇보다 떨어져 살 때 가족을 더 사랑하게 된다는 비밀을 알려드립니다. 행운을 빌어요.

Q. 혼자 사는 건 역시 외롭죠?

A. '외롭지 않다' 혹은 '누구와 같이 살든 사람은 누구나 외롭다'는 말을 믿지 못하는 유형의 사람이 있다는 걸 최근에 알게 됐어요. 지금 미국에 살고 있고, 최근 한국으로 여행을 와서 잠시 우리 집에 머물렀던 친구는 인간은 혼자서 사는 걸 좋아할 리 없다고 굳게 믿고 있는 사람이거든요. 그 친구는 아주 일찍 결혼해서 행복한 가정을 꾸렸어요. 친구가 절 지켜보더니, "넌 정말 혼자 있는 걸 좋아하는구나. 그런 사람이 있으리라고는 상상도 못했어"라며 놀라워하더라고요. 저로서는 친구가 제 말을 지금까지 믿지 못하고 있었다는 사실에 충격받았지만요. 그러니까 혼자 사는 시간이 누구에

게나 외롭지 않은, 좋은 선택이라고는 할 수 없는 것 같아요. 만약 가족이나 친구와 함께 살면서도 혼자 있는 시간이 꼭 필요한 사람이라면, 혼자 살기를 시작해보세요. 살아보기 전에는 알 수 없어요.

Q. 혼자 살면 잼 뚜껑이 안 열릴 때는 어떻게 하죠?

A. 저도 파스타 소스 뚜껑이 열리지 않아서 면을 삶으려고 이미 올려놓은 불을 끈 적도 있어요. '아, 운동 다닐걸' 하며 뒤늦게 후회가 몰려오는 순간인데…. 그래도 몇 가지 방법이 있습니다. 수건으로 병을 감싼 후에 벽에 살살 부딪혀 충격을 주세요. 그리고 마른 고무장갑으로 열면 대부분 뚜껑은 열려요. 한 번은 새로 산 블루베리 잼 뚜껑이 어떻게 해도 열리지 않아서 회사에 가져간 적도 있어요. "잼 뚜껑 좀 열어주세요"라고 하면, 조금 이상하지만 수상해 보이진 않으니까요.

Q. 혼자 살아서 좋은 점은 뭐죠?

A. 국가와 사회가 제공하는 혜택 면에서 보자면, 혼자 살아서 좋은 점은 제로에 수렴합니다. 온통 불리한 점 투성이인데, 그럼에도 불구하고 '나만의 방'을 갖고, '삶의 기술'을 터득할 수 있다는 점이 좋은 점이 아닐까요. 샤워하러 들어가서 결국 화장실 청소를 하고

나오고, 냉동실에 꽁꽁 얼려둔 음식물 쓰레기를 제때 버리고, 지쳐 쓰러져 누워 있다가도 내일 입고 나갈 옷을 생각하며 세탁기를 돌리는 경험이, 결국 누군가와 함께 살게 된다고 해도 삶을 더 윤택하게 만들어줄 거예요.

Q. 어떤 부동산 사장님이 좋은가요?

A. 그걸 제가 알았더라면… 그래도 지금까지 파악한 바로는 무조건 '이런 집은 없다', '당장 이 집을 계약해야 한다'고 겁을 주는 사람은 피하는 게 좋습니다. 여자 혼자 산다고 말했는데도 이런저런 이유로 1층도 괜찮다, 반지하도 괜찮다, 다 괜찮다고 말하는 사람도 피하세요. 집주인이든 부동산 사장님이든 "내 딸 같다"며 편하게 대하기 시작하는 것도 좋은 사인은 아니었어요. 절 그저 고객으로 대하는 건조한 사장님을 만나야 일 처리가 더 깔끔합니다.

Q. 집 보러 갈 때 뭐가 중요해요? 뭘 체크해야 할까요?

좋은 집의 조건을 우리 모두 알고는 있지만, 그 모든 조건을 충족하는 집을 찾기란 정말 어렵죠. 저는 시세보다 싼 집에 무조건 혹해서 집을 보러 가는 실수를 많이 했는데요. 시세보다 싼 집은 무조건 싼 이유가 있습니다. 시세보다 비싼 집을 보러 다닐 필요는 없지만, 가격이 싸다는 이유로 너무 흔들리지 마세요. 이사 가고 싶은 동네의 시세가 내 사정으로 맞출 수 없는 정도라면, 그곳에서 싼 집을 찾는 것보다는 과감하게 동네를 바꾸는 걸 추천합니다.

그리고 집을 보러 갈 땐 아침 일찍 가보세요. 제일 좋은 건 집을 낮에도 보고, 밤에도 보는 거지만 현실적으로 둘 중 하나를 택해야 할 때는 낮에 가서 빛은 잘 들어오는지, 새시는 튼튼한지 살펴보는 게 좋아요. 집에 두 번은 못가도 동네를 한 번 더 갈 수 있다면, 밤에 대중교통 수단으로 집까지 가는 길이 위험하진 않은지 가늠해보세요. 좁은 골목에 있는 집, 그리고 1층과 반지하집을 제외하게 되면 같은 동네에서도 가격이 올라갈 수밖에 없어요. 위 조건을 피할 수 없다면 방범창은 잘 되어 있는지, 부실하다면 새로 해줄 수 있는지, 공동 현관은 안전하게 관리되고 있는지 등을 살펴보세요. 그 외 화장실 물은 잘 내려가는지, 빛은 잘 드는지 등등 세입자가 집을 볼 때와 계약할 때 체크해야 할 사항들을 정리해 책의 부록에 소개했어요. 모쪼록 도움이 되길.

나의 기대와 주변의 우려를 바탕으로 시작한 독립생활이 어느새 만 4년이 지났다. 어느새 주변에 독립생활을 하는 친구들이 늘어났고, 눈물 없이는 들을 수 없는 우당탕탕 독립생활 에피

소드를 함께 나누고 있다. 피할 수 없다면, 함께 웃기라도 할 수 밖에. 이 짧은 문답이 당신이 품은 모든 의문에 대한 해답이 되진 못하겠지만 약간의 실마리가 되었으면 좋겠다. 주변을 둘러보며 시야를 조금 넓혀보면 징검다리가 되어줄 누군가가 분명히 있을 것이다.

아파트에서도 혼자 삽니다

나의 세 번째 집에서 에필로그를 쓴다. 아파트로 이사 왔다. 아파트에 살기 위해 대출을 늘렸고, 그러고도 돈을 더 빌렸고, 친구들이 있는 동네를 포기하고 아무 연고도 없는 곳으로 이사 왔다. 아직은 새로운 동네에 적응 중이다. 동네 친구도 없고, 태국 음식점도 없고, 멋진 카페도 없고, 스타벅스도 없고, 맥도널드도 없지만, 태어나고 자란 아파트라는 생활방식에 복귀한 안락한 기분은 느낄 수 있다. 장점과 단점을 마음속에서 더하고 빼고 또 더하는 중이다.

이사한 첫 주, 출근길에 현관문을 열자마자 옆집 이웃과 마주쳤다. 출근 시간이 비슷한 모양이었다. 이웃은 선량함이 느껴지는 인상 좋은 부부다. 엘리베이터 앞에서 아내분이 내게 물었다. "아이는 몇 살이세요?" 우리가 그 앞에 나눈 대화는 "안녕하세요?" "이사 오신 분이시구나" 밖에 없었다. 인사 다음에 이름도 아니고, 결혼 여부도 아니고, 심지어 자녀의 유무도 아닌, 자녀의 나이를 묻는다는 것이 신선한 충격이었다. 애써 정신을 차리고 "아이 없어요"라고 웃으며 대답했다. 아내분은 그 말을 듣자마자 그래도 정말 잘됐다는 듯 "신혼부부시구나. 여기 신혼부부 살기 너무 좋아요"라고 다정하게 대답했다. 진실을 밝혀야 되나, 그냥 가만히 있어야 하나, 우물쭈물하던 나는 아직 애가 없는 신혼이 되어 엘리베이터에 올랐다. 두 층 정도 내려가자 진실을 밝히기에는 너무 늦은 것 같았다. 며칠 후 다시 엘리베이터 앞에서 이웃 부부를 마주쳐 왜 이렇게 집이 조용하냐는 질문을 받았다. "주말에나 사람이 더 있어서요"라고 했다가 나는 얼굴도 모르는 가상의 남편과 주말부부가 되었다. 가족이나 친구가 놀러온다는 뜻이었는데, 딱히 거짓말을 하지 않았는데도 거짓은 눈덩이처럼 불어났다.

지금 살고 있는 아파트는 계약할 때부터 모두가 입을 모아 신혼부부가 살기 좋은 곳이라고 했다. 그게 정말인지 아파트 단지에는 신혼부부가 놀랍게도 정말 많다. 이 단지 내에 혼자 사는 사람이 나 말고 또 있을까 싶게 모두가 나에게 가상의 남편(심지어 가상의 자녀)을 상정하고 말을 걸어온다. 이제 아이를 유치원에 보냈을 정도의 나이를 먹은 내가 사실은 아이도, 남편도 없이 혼자 살고 있다는 엄청난 비밀을 안은 채 아파트에서 혼자 차를 내려 마시고, 반신욕을 하고, 빨래를 널고, 피자를 시켜 먹고 있다.

아무리 신혼부부가 살기 좋은 곳이어도 혼자 사는 사람들 역시 이곳에 산다. 혼자 사는 여성의 삶이 현실감 없이 화려하거나, 슬프도록 비참한 게 아니라 어디에서나 볼 수 있는 평범한 삶이라는 걸 많은 사람들이 알게 되었으면 좋겠다. 이 책이 혼자 사는 여성의 삶에 대한 상상력의 범위가 넓어지는 데 아주 조금이라도 도움이 된다면 더 바랄 게 없겠다. 넓은 아파트 단지 안에 살고 있을 비밀의 동지들과 이 도시 안 어디선가 혼자를 돌보며 살고 있는 수많은 여성들에게 응원을 보낸다.

혼자 살기 시작했습니다

1판 1쇄 인쇄 2019년 1월 25일
1판 1쇄 발행 2019년 1월 30일

지은이	정현정
발행처	수오서재
발행인	황은희, 장건태
책임편집	최민화
편집	마선영
디자인	즐거운생활
마케팅	장건태, 이종문
제작	제이오
주소	경기도 파주시 회동길 337-16, 302호(10881)
등록	2018년 10월 4일(제406-2018-000114호)
전화	031) 955-9790
팩스	031) 955-9796
전자우편	info@suobooks.com
홈페이지	www.suobooks.com
ISBN	979-11-965885-1-9 03810 책값은 뒤표지에 있습니다.

이 도서는 한국출판문화산업진흥원의 출판콘텐츠 창작 자금 지원 사업의 일환으로
국민체육진흥기금을 지원받아 제작되었습니다.

이 도서의 국립중앙도서관 출판시도서목록(CIP)은 서지정보유통지원시스템
홈페이지(http://seoji.nl.go.kr)와 국가자료공동목록시스템(http://www.nl.go.kr/kolisnet)에서
이용하실 수 있습니다.(CIP제어번호: CIP2019002975)

도서출판 수오서재守吳書齋는 내 마음의 중심을 지키는 책을 펴냅니다.

혼자 살기 시작했습니다

실전용 부록

3. 계약서에 특약 사항 명기하기

계약서의 완성은 '특약 사항'에서 결정된다. 집주인과 협의한 내용을 최대한 구체적으로 적어둬야 분쟁을 예방할 수 있다. 가령, 고장 난 방충망을 고쳐주기로 한 경우도 적어두자. 전세자금대출을 받기로 했다면, "임대인은 임차인이 전세자금대출을 받는 것에 협력한다" 등의 문장을 넣는 것이 좋다.

4. 전입 신고하기

전입신고를 반드시 해야 하는 이유는 '대항력'을 갖기 위한 것. 대항력이 있어야 계약 기간 중에 매매로 집주인이 바뀌더라도, 새 집주인에게 자신의 계약이 계속 유효함을 주장할 수 있다.

5. 확정 일자 받기

대항력을 갖춘 임차인이 확정 일자를 받으면, 집이 경매로 넘어가더라도 확정 일자를 기준으로 매매된 금액 내에서 보증금(배당금)을 지급받을 수 있다. 잔금을 치르면 꼭 전입 신고를 하고 확정 일자를 받자.

전월세 계약할 때 체크리스트

_구본기(구본기생활경제연구소 소장)

1. 건축물대장 확인

건축물의 용도가 주택이 아닌 경우(예를 들어, 근린생활시설) 임차인은 전세자금대출을 받을 수 없고, 주택이 아닌 상가의 중개보수를 내야 해 금액 부담이 높아진다. 정부민원포털 민원24에서 확인할 수 있다.

2. 등기사항전부증명서 확인

집주인이 누구인지, 집을 담보로 받은 대출은 없는지 확인해야 한다. 반드시 '계약서 작성 직전'과 '잔금 치르기 직전', 두 차례 확인할 것. 부동산에 말하면 뽑아준다.

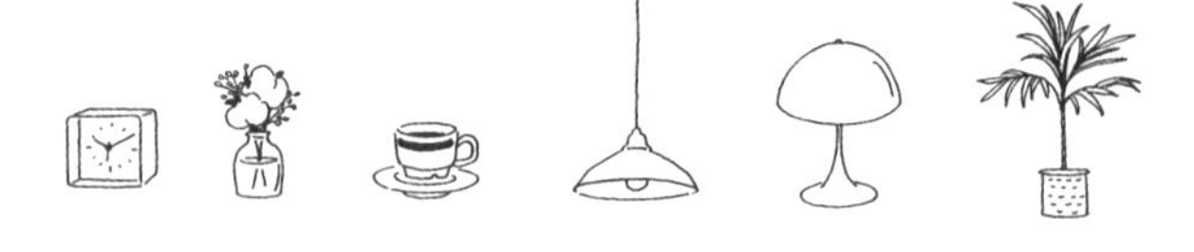

집 보러 다닐 때 체크리스트

_구본기(구본기생활경제연구소 소장)

1. 대중교통은 편리한가?
2. 집 주변에 편의시설이 충분한가?
3. 너무 외지거나 인적이 드물지는 않은가?
4. 주차장은 있는가?
5. 집에 물이 샌 흔적은 없는가?
6. 천장, 벽, 장판 아래에 곰팡이가 핀 곳은 없는가?
7. 햇빛은 잘 드는가?
8. 통풍은 잘 되는가?
9. 방범창은 있는가? 튼튼한가?
10. 방충망은 있는가? 파손되지는 않았는가?
11. 세탁기 놓을 곳은 있는가?
12. 고장 난 전기시설(콘센트, 전등 등)은 없는가?
13. 싱크대 및 화장실 물이 잘 나오고, 배수도 문제 없는가?
14. 전기와 수도 계량기는 별도로 사용하는가?
15. 집을 내놓았을 때 잘 나갈 수 있겠는가?